우리,
우년의 끝에서
끝같게 만나요.

이천이십삼년 심이월
강맑음 드림

막내의
뜰

강맑실
쓰고 그림

사□계절

막내는 열한 살이 될 때까지 열 개의 집에서 살았다.
그 가운데 일곱 개의 집에 머물러 있던 유년의 기억을
불러내어 모두의 유년과 손잡게 하고 싶었다.

누구에게나 유년은 있다.
그 유년이 쓸쓸했건 달콤했건 외로웠건 고통스러웠건
유년은 찬란한 빛으로 우리를 기다린다.

세상의 모든 유년에게 이 책을 바친다.

차례

전남여중과
전남여고 관사

막내 태어나서
네 살까지

첫 번째 집
이야기

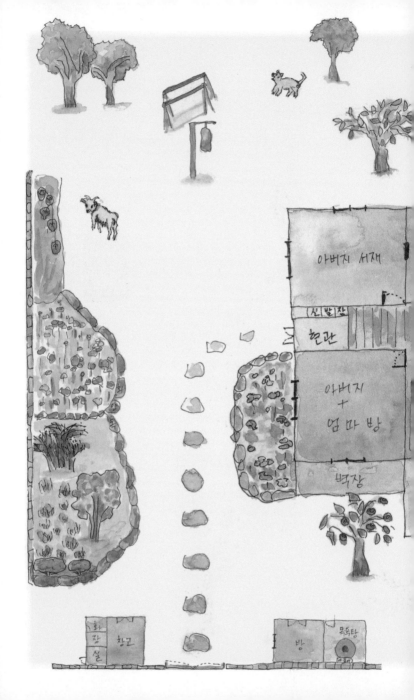

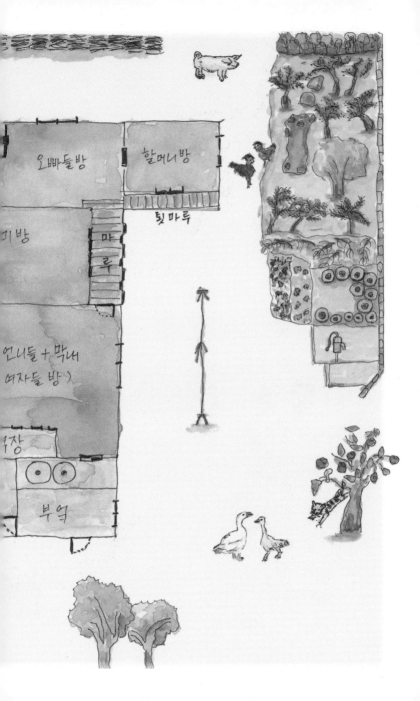

막내는
태어날 때부터 막내

찌는 듯한 더위가 계속되던 여름이 엊그제 같은데 벌써 내일이 추석이다. 방 안으로 들어온 햇살은 뜨겁고 하늘은 맑다. 열어놓은 유리창으로 선들 불어오는 바람에서 가을 냄새가 난다.

"송편 찔 때 쓰게 저그 앞마당 소나무에서 이쁘고 깨끗한 이파리들로만 골라서 따다 놔야 쓸 것인디?"

송편 빚을 반죽을 주무르던 할머니가 말한다.

"아까 제가 솔잎 따다 씻어서 소쿠리에 받쳐놨어요, 할머니."

"오메, 내 강아지, 그랬능가. 잘했네, 잘했어."

할머니는 중학교 1학년인 큰오빠를 보며 활짝 웃는다.

"자, 다들 자기 앞에 있는 대접에 반죽을 적당히 떼줄 텅게 송편을 만들어서 여그 가운데 둥근 밥상 위에 쭈르륵 놓거라잉? 고명은 콩, 깨, 녹두 시 가지가 있응께 번갈아 감서 알아서 넣고."

"어, 큰누나 송편 이쁘다. 진짜 반달 같아."

제일 먼저 상 위에 올라온 큰언니 송편을 보고 작은오빠가 감탄을 한다.

"내가 송편 만든 경력이 몇 년이냐."

"음, 그러니까 18년."

"야, 그만큼 오래됐다는 뜻이지 꼭 그렇게 계산을 해야겠냐."

작은오빠 대답에 큰언니가 웃으며 타박을 한다.

"막내야, 네 것은 자꾸 부서지네? 누나가 가르쳐줄게. 이렇게 해봐."

여섯 살 밑언니가 두 살 어린 밑오빠에게 송편 빚는 걸 가르쳐준다. 그 모습을 보고 있던 작은언니는 "반달 모양으로 만들려고 하니까 자꾸 부서지지. 그냥 이렇게 조그맣게 굴려서 만들어봐. 그럼 쉬워." 한다.

첫 번째 집 이야기

"야야, 어멈아. 서재에 있는 아범, 점심 간단히 먹고 여태 암것도 안 먹었을 것인디 약밥이랑 과일 좀 갖다주지 그러냐."

"어머니, 저 여기 있는데요."

"오메, 호랑이도 지 말 하면 온다더니 언제 이 방으로 왔다냐잉. 참, 목포에서 너거 누나들 가족 모다 올 수 있다고 하든?"

"네, 어머니. 전부 연락했고요, 아마 내일 모두 올 것 같아요."

"글믄 서른 명 가까운 대식구가 자야 헝께 다다미방이랑 저짝 아그들 방, 마루 다 구석구석 청소 좀 부탁허네."

"그러지 않아도 어머니, 바깥 변소와 대문부터 청소하려고 밖으로 나가려던 참이었어요. 참, 당신은 배가 불러 힘들 텐데 잠시 쉬지 그러오."

아버지가 엄마에게 말한다.

"오메, 저 많은 전도 다 지져야 허고, 이렇게 할 일이 태산인디 워치케 쉬어요."

"당신 2년 전에 쌍둥이 유산하고 가뜩이나 몸이 약한 상태인데 마흔 넘은 나이에 임신했으니 정말 조심해야

15

하오."

엄마가 송편 쟁반을 들고 부엌으로 가며 대답한다.

"걱정 말아요. 내 몸 내가 알아서 헐 팅게. 지금까지도 잘 버텨왔는디요, 뭘."

고명딸로 외롭게 자란 엄마는 자식 욕심이 많다. 엄마 말에 아버지는 아무 말 없이 방문을 나선다.

"어멈아, 힘들면 언제라도 들어가 쉬어라. 내가 다 헐 팅게. 팔다리가 가늘고 빼빼 말라갖고 다들 임신 육 개월이 넘뜨락 몰랐으니. 어멈 너조차 임신한 줄 몰랐으니, 참말로 큰일 날 뻔했제. 배는 나왔어도 뒤에서 보믄 허리가 쏙 들어간 거 봉께 암만해도 딸 같다만은."

엄마는 이미 부엌으로 나가고 없는데도 할머니는 혼 잣말처럼 중얼거린다.

"그런데 엄마, 아가는 언제 나와요?"

밝오빠가 송편을 빚다 말고 쪼르르 달려가 부엌을 내려다보며 엄마에게 묻는다.

"잉, 막내야. 엄마가 아가에게 바쁘니까 지금 나오면 안 된다, 추석 끝나고 주일날 교회 가서 예배까지 다 드리고 나면 그 후에 아무 때나 나온나, 하고 말하고 있응께 조금 더 기다려라잉. 아가가 엄마 말 잘 들으면 담 주에 만날 수 있고, 말 안 들으면 오늘 밤이라도 나올지 몰라."

"나는 아가가 늦게 나왔으면 좋겠다. 다들 아가만 예뻐하면 어떡해."

"아구, 우리 강아지. 걱정 마소. 아가가 태어나도 엄마는 우리 강아지가 젤로 이쁭게."

"아가가 태어나면 이제 나는 막내 아니야?"

밝오빠가 시무룩한 표정으로 묻는다.

"으응, 그건 그렇네. 인자부터는 아가가 막내제."

"칫, 내가 계속 막내 할 거야. 나는 막내고 아가는 맑음이야. 아가 이름 '맑음'이라고 했잖아."

밝오빠는 아가를 만나는 게 썩 즐겁지 않나 보다.

"아구구, 아가가 엄마 배를 발로 막 찬다잉. 오빠 그런 말 하지 마. 이제부터 막내는 나야, 함시로."

아버지가 미리 지어놓은 '맑음'이라는 이름을 가진 막내는 엄마 말을 잘 듣고 추석 명절 바쁜 일이 다 끝난 그다음 주 월요일에 태어났다.

막내가 태어나던 날, 하늘은 금방이라도 비가 쏟아질 듯 흐렸지만 끝내 빗방울은 떨어지지 않았다. 태어난 시각이 늦은 오후라 별언니와 밝오빠는 동네 골목에서 놀고 있었다. 큰오빠와 작은오빠는 학교에서 돌아와 집에 있었다. 이미 동생이 셋이나 태어난 걸 본 큰오빠는 산통을 참는 엄마의 신음소리에 "울 엄마, 또 애기 난다." 하며 엄마의 해산을 자연스럽게 받아들였다. 겁쟁이 작은오빠는 마루에 무릎을 꿇고 앉아 엄마가 많이 아픈 거 같으니 하나님께서 지켜주시라며 두 손을 모아 쥐고 기도를 올렸다.

아버지는 언니오빠들을 집에서 손수 받아낸 경험이 많았다. 이번에도 아버지는 소독한 가위로 막내의 탯줄을 자르고 알코올 솜으로 닦아 마무리한 뒤, 따뜻한 물에 목욕시켜 포대기에 눕혔다. 아버지는 엄마 배를 막 빠져나온 막내의 탯줄을 자르며 막내에게 기도처럼 축복의 말을 들려주었다.

어렵게 낳았는데 딸이라는 말에 아들을 바랐던 엄마는 고개를 돌렸다. 아버지와 함께 막내의 탄생을 도왔던 할머니는 엄마 품에서 막내를 포대기째 데려와 두 팔로 살포시 안아주었다. 큰언니와 작은언니는 학교에서 돌아오자마자 방으로 들어와 할머니 품에 안긴 빨간 막내를 말끄러미 바라보았다. 이 아이가 드디어 우리 집 진짜 막내가 될 거라는 확실한 예감과 함께.

　앞마당 동산의 연못 속 금붕어가 출렁하고 튀어 오르자 참새들이 우르르 날아갔다. 비자나무 이파리는 석양녘 햇살에 가만가만 반짝였다.

막내의
첫 일성

"이놈들아, 나 왔다."

아, 반가운 아버지 목소리다. 아버지는 퇴근해서 집에
도착하면 커다란 나무 대문을 두드리지 않는다. 언제나
이렇게 큰 소리로 언니오빠들을 부른다. 대문에서 방까
지는 꽤 떨어져 있다. 그래도 아버지 목소리는 금방 들
려 집 안의 누군가가 뛰어나가 대문을 열곤 한다. 그런
데 오늘은 아버지가 다른 날보다 일찍 퇴근했다.

"이놈들아, 나 왔다."

이번에는 아버지 목소리가 아까보다 더 커졌다. 막내

는 방에서 혼자 놀고 있었다. 여전히 아무도 나가는 소리가 들리지 않자, 막내는 현관으로 갔다. 급한 마음에 작은 코고무신에 발이 얼른 들어가지 않아 밝오빠의 흰 고무신에 발을 쑥 집어넣었다.

"이놈들아, 나 왔다. 안 들리느냐."

아버지 목소리가 아주아주 커졌다. 막내는 밝오빠의 흰 고무신을 질질 끌며 대문을 향해 걸어갔다. 현관에서 대문까지 이렇게 먼 줄 오늘 처음 알았다. 함께 소꿉놀이하는 꽃밭의 친구들 채송화와 봉선화도 쳐다봐줄 겨를이 없다. 겨우겨우 대문에 도착한 막내는 굳게 잠겨 있는 긴 쇠 빗장을 열려고 손을 뻗었다. 손이 닿지 않는다. 꿈발(까치발)을 디뎌보아도 닿지 않는다.

막내는 세 살이 다 되도록 말을 하지 못해 식구들 걱정을 샀다. 언니오빠들은 다들 학교를 다니고 있고, 네 살 터울인 바로 위 밝오빠도 막내와 잘 놀아주지 않는다. 서로 좋아하는 놀이도 달랐다. 모두들 막내야, 막내야, 부르며 예뻐만 하지 함께 놀아주는 시간은 많지 않았다. 엄마도 집안일로 바빠 막내랑 많이 놀아주지 못했다. 엄마가 포대기로 둘러준 베개 인형을 업고 엄마 뒤를 졸졸 따라다녀봐도 심심하긴 마찬가지였다.

혼자 노는 시간이 많았던 막내는 속으로 이야기하는 버릇이 생겼다. 엄마 아버지와 언니오빠들이 하는 말은 꽤 알아들을 수 있었다. 그런데 그 말들이 소리가 되어 입 밖으로 나오지는 않았다.

막내는 오늘도 대문 앞에 서서 아버지,라고 웅얼대는 소리 외에는 아무 말도 할 수 없었다. 막내는 "아버지, 내가 열어주고 싶어. 열려고 하는데 손이 안 닿아서 못 열어."라고 말하고 싶었지만 말을 할 수 없었다.

아버지는 막내가 대문 앞에 와 있는 줄도 모르고 "이 놈들아, 내가 왔단 말이다. 안 들리느냐" 하고 소리쳤다. 부드러운 목소리가 이제는 화난 목소리로 바뀌었다. 다급해진 막내는 "음, 이놈들아, 내가 왔다고. 문 열어달라고!" 하면서 아버지와 함께 큰 소리로 외쳤다. 하지만 여전히 말은 입 밖으로 나오지 않았다.

밖에서 아버지는 기다리고, 아무도 대문은 열어주지 않자 막내는 안타깝고 다급한 마음에 어쩔 줄을 몰랐다. 급기야 울음이 터져 나왔다. 울면서도 마음속으로 아버지와 함께 외쳤던 소리를 막 질러보았다.

"이놈들아, 내가 왔다!"

그때였다. "이노드야, 내가 와따아아!"라는 말이 터져 나온 건. 그것도 울음소리와 함께 아주 큰 소리로. 한순간 정적이 흐른 후 밖에 서 있던 아버지가 "달님아(아버지는 막내를 달님이나 맑음이라고 불렀지 막내라 부르지 않는다), 지금 네가 말한 것이냐? 옳아, 우리 달님이가 말을 했느냐? 어디 다시 한번 해보거라." 했다. 막내는 아버지의 말을 듣고 스스로도 놀라 울음을 뚝 그쳤다. 그리고 "이노드야아아아, 내가 와따아아아!" 목이 터져라 소리를 질렀다.

"옳아 옳아, 용쿠나 용해, 우리 달님이가 드디어 말을 했구나."

아버지는 몹시 기뻐했다.

엄마는 아버지 퇴근 시간이 되려면 아직 멀었다 생각하고 대문 가까이 있는 목욕탕에서 빨래를 하고 있었다. 그러다 대문 쪽에서 희미하게 들리는 막내 울음소리에 뛰어나왔다가 순간 멈춰 섰다. "이노드야, 내가 와따아!"는 분명히 막내 목소리였기 때문이다. 엄마는 "오메 오메, 내 새끼가 뭐라고 헌다냐. 오메 오메, 내 강아지가 말을 헌다잉?" 하며 달려와 막내를 꼭 안았다.

"여보, 나 왔으니 문 열어주오."

대문 밖에 있던 아버지가 다정한 목소리로 말했다. 엄

마는 막내를 안은 채 대문 빗장을 열었다. 막내 발에서 밝오빠의 하얀 고무신 한 짝이 툭 떨어졌다.

　아버지 목소리를 듣고 아까부터 대문 앞에서 꼬리를 흔들고 있던 백구는 아버지가 들어오자 펄쩍펄쩍 뛰었다. 동산의 바위에서 늘어지게 낮잠 자던 나비도 야옹거리며 다가와 아버지 바지에 몸을 비볐다.

안녕, 새야.
잘 가

"안녕, 새야. 잘 가. 안녕, 안녕!"

막내는 언니들 방에 있는 의자를 동산과 마주하고 있는 툇마루로 끌고 나왔다. 세 살이 갓 지난 막내는 의자 위에 올라가 까치발을 디디고 나서야 높이 매달린 새장 문에 겨우 손이 닿았다.

막내가 태어난 집은 전남여고의 관사다. 학교는 막내네 집 앞뜰의 도도록한 동산 너머 개천 건너편에 있다. 툇마루에 서면 학교의 울창한 숲이 보인다. 키 큰 나무들이 우뚝우뚝 하늘을 찌를 듯 솟아 있다. 숲에서는 온

갓 새들이 우르르 몰려다니며 재재거리는 소리가 들려
온다.

막내는 툇마루에 서서 숲을 바라본다. 새소리에 귀를
기울이다가 심심하면 댓돌에 놓인 코고무신을 신고 동
산으로 내려간다. 자그마한 동산은 막내의 놀이터이다.

동산에 들어가 흙을 파면 회색 콩벌레가 나온다. 콩
벌레를 손바닥에 올린 후 두 손바닥으로 살살 비비면
콩처럼 동그랗게 몸을 만다. 몸을 동그랗게 만 채 반짝
이는 콩벌레가 예쁘다. 땅에 놓아주면 한참 있다가 다시
몸을 쭉 펴 돼지처럼 어기적어기적 기어간다. 그래서 막
내는 돼지벌레라고 부른다. 심심하면 또 잡아 두 손바닥
으로 비벼 콩을 만든다.

가끔은 쭈그리고 앉아 우리나라 지도 모양의 연못 속
을 들여다본다. 빨간 금붕어와 흰 금붕어가 헤엄치고
있다. 그런데 연못의 물은 시커멓고 무섭다. 엄마는 연못
근처에는 절대 가지 말라고 여러 번 이야기했다. 바로 위
밝오빠가 돌이 갓 지나 뒤뚱뒤뚱 걸을 때 연못에 빠져
죽을 뻔했기 때문이다.

어느 날 집 안에서 아장아장 놀던 밝오빠가 보이지

첫 번째 집 이야기

않았다. 식구들이 집 안 구석구석 찾아보았지만 밝오빠는 어디에도 없었다. 닭들이 소란스러워 닭장을 살펴보니 닭장 문이 활짝 열려 있었다. 닭들은 모두 뜰로 나와 있었다. 밝오빠가 닭장 문을 열어놓은 것이다. 밝오빠는 닭들을 쫓다 어디로 갔을까.

엄마는 닭 한 마리가 온몸이 물에 젖은 걸 보고 혹시나 하는 마음에 잉어를 키우던 연못을 장대로 휘휘 저어보았다. 어린 밝오빠의 몸이 물 위로 떠올랐다. 아버지는 이미 학교에 가고 없었다. 엄마는 너무 놀라고 다급한 마음에 서투르게나마 인공호흡을 시도했다. 아무 반응이 없자 무조건 안고 가까이에 있는 내과로 뛰어갔다. 의사 선생님은 몇 가지 응급조치를 한 후 조용히 눕혀놓으라는 말만 했다. 숨도 없고 맥도 없는 것 같던 밝오빠는 온몸이 장작개비처럼 빳빳해졌다 뒤틀렸다를 반복했다.

병원에서 해줄 수 있는 게 더는 없어 보이자 엄마는 밝오빠를 다시 집으로 데려왔다. 하나님께 살려달라 기도하면서 밝오빠의 온몸을 정성스레 주무르기만 했다. 아침에 물에 빠져 건진 이후 의식 없이 죽은 듯 누워 있던 밝오빠는 오후가 되어서야 재채기와 함께 큰 울음을 토해냈다. 밝오빠는 그래서 생일이 두 개다. 8월 28일이 처음 태어난 날, 그다음 해 9월 23일은 두 번째 태어난 날.

지금은 큰 잉어가 아니라 눈이 툭 튀어나온 금붕어들이 헤엄치고 있다. 깊지도 않은 평화로운 연못이다. 그래도 막내는 물속이 보이지 않는 깜깜한 연못이 무섭다. 연못 속을 살짝 들여다보다 무서워 일어서면 동산의 나무와 꽃들이 다정하게 반겼다. 햇살에 반짝이는 돌멩이도 빙그레 웃어주었다.

막내의 귀에는 다시 명랑한 새들의 노랫소리가 재재재 들려왔다. 건너편 학교 숲 쪽에서 새들이 동산으로 날아왔다가 다시 숲 쪽으로 화르르 날아갔다. 툇마루에 높이 걸려 있는 새장 속 십자매 두 마리도 쪼쪼 쪼로롱 쪼쪼 쪼로롱 노래했다. 친구들과 함께 날고 싶다고 막내를 조르는 듯했다.

의자 위로 올라가 까치발을 한 막내는 고사리 같은 손으로 겨우겨우 새장 문을 열었다.

"안녕, 새야. 잘 가. 안녕, 안녕!"

십자매 한 마리가 먼저 포르르 새장 밖으로 나와 잠시 망설이는 듯하더니 건너편 숲을 향해 힘차게 날아올랐다. 다른 한 마리도 쪼로롱 노래하며 그 뒤를 따랐다. 새들이 날아간 숲을 향해 막내는 계속 손을 흔들었다.

새장 문이 열려 있는 게 오늘로 몇 번째인지 모른다. 빨랫줄에서 이불 홑청을 걷어와 다듬잇돌이 놓여 있는 툇마루로 걸어가던 엄마는 빈 새장을 발견하고 혼잣말을 한다.

"오메, 우리 막내가 또 새들이 답답해 보였능갑네. 이번에는 잉꼬를 사다 넣고 새장 문을 꽁꽁 묶어놔야 헐랑가?"

감나무
세 그루

"빨리 안 내려오냐? 언능 내려와서 약 발라야제."

엄마는 감나무에 올라가서 울고 있는 작은오빠와 한바탕 씨름 중이다. 약을 바르기 위해서다. 초등학생인 작은오빠는 이발소에서 머리를 깎다가 기계독이 올라 머리를 빡빡 밀었다. 그런데 약을 바를 때마다 너무 쓰라려 엄마가 약병을 들기만 하면 현관문을 박차고 뛰쳐나간다. 엄마는 약병을 든 채 작은오빠를 쫓고 작은오빠는 도망가고, 그렇게 두 사람은 앞뜰로 뒤뜰로 집을 몇 바퀴 빙빙 돈다.

엄마와 거리가 멀어질 즈음 작은오빠는 잽싸게 감나무를 타고 올라갔다. 숨이 턱까지 찬 엄마는 감나무 위로 올라간 작은오빠를 쳐다보며 빨리 내려오라며 애를 태운다. 오빠는 눈물이 가득 고인 눈으로 먼 데를 바라볼 뿐 영 내려올 생각이 없다.

막내가 태어난 집에는 큰 감나무가 세 그루 있다. 장작을 쌓아둔 뒤뜰에는 단감나무, 대문을 들어서자마자 오른쪽에는 홍시가 열리는 감나무, 그리고 수돗가에는 땡감이 열리는 감나무가 있다. 작은오빠는 머리에 약을 바를 때뿐만 아니라 엄마가 매를 들라치면 곧장 현관문 밖으로 뛰쳐나간다. 작은오빠는 엄마가 쫓아오면 기회를 보다가 가장 가까이 있는 감나무로 휙 올라간다. 세 그루의 감나무는 모두 작은오빠의 피신처가 되어주었다.

별언니는 뒤뜰의 단감나무를 제일 좋아한다. 단감나무를 타면 지붕 위로 올라갈 수 있다. 밖은 아직 쌀쌀하지만 한낮엔 제법 따뜻한 봄날이면 별언니는 단감나무를 타고 지붕 위로 올라간다. 아무도 없는 넓고 따뜻한 지붕은 온통 별언니 세상이다. 동네가 멀리까지 보이고 동네들 너머 더 멀리로는 품이 너른 무등산이 별언니를

첫 번째 집 이야기

푸근히 감싸준다. 집 옆을 흐르는 맑은 개울에서는 동네 아줌마들이 방망이질을 하며 이불 빨래를 하고 있다. 건너편에는 아버지가 근무하는 학교의 숲이 꼭대기까지 보였다.

어느 봄날 별언니는 따뜻한 지붕 위에서 잠이 들었다. 별언니가 보이지 않자 식구들이 총동원되어 찾아 나섰다. 벽장 속까지 샅샅이 뒤져봐도 별언니는 보이지 않았다. 큰언니와 큰오빠는 마당까지 나와 "별아, 별아!" 큰소리로 부르며 찾아다녔다. 그 소리에 별언니는 깜짝 놀라 잠에서 깼다. "나 여기 있어." 하는 소리가 지붕 위에서 들리자 큰언니와 큰오빠는 "이제 너 엄마한테 죽었다." 하며 겁을 주었다.

별언니는 지붕 위에 올라갔다고 혼날까 봐 지레 겁을 먹고 울기 시작했다. 언니 울음소리에 엄마가 나와 "아이고, 내 이쁜 딸. 거기 있었구나. 어서 천천히 내려오소." 하며 환히 웃었다. 내려오다 행여 떨어져 다칠세라 엄마는 언니를 그렇게 안심시켰다.

지붕 위에 올라가는 건 별언니뿐만 아니라 밝오빠도 좋아했다. 밝오빠는 집에 누가 있을 때면 살그머니 뒤뜰의 단감나무를 탔다. 집에 아무도 없을 땐 오르기 힘든 앞뜰의 홍시감나무를 타고 보란 듯이 지붕으로 올라갔다. 지붕 위를 활개치고 다니다 미끄러져서 하마터면 떨어질 뻔한 적도 있다. 그래도 아무에게도 들키지 않고 지붕 위를 잘도 돌아다녔다.

감나무에 올라간 작은오빠는 계속 먼 데만 쳐다보고 있다. 기다리다 지친 엄마는 "내려올 때 감 떨어지지 않게 조심히 내려와라잉." 하며 약병을 든 채 집 안으로 들어간다.

홍시감 먹을 생각에 벌써부터 신이 난 까치들은 깍깍거리며 작은오빠가 올라가 있는 감나무로 한 마리 두 마리 날아든다.

첫 번째 집 이야기

목욕탕
풍경

추운 가을날, 엄마는 막내를 목욕시켜 아랫목에 내려 놓고 이불을 덮어주었다.

"엄마, 엄마. 오빠한테 뭐시가 달렸어."

막내는 발가벗은 채 다시 목욕탕으로 와서 놀란 눈으로 이렇게 말했다. 혼자서 방문을 열고 부엌으로 내려와 목욕탕까지 온 것이다. 막 목욕을 하려던 엄마는 "오메, 내 강아지 추운디 목욕탕까지 왜 또 왔당가." 하며 목욕탕 문을 열어주었다.

막내네 목욕탕은 집 밖에 있다. 대문으로 들어와 오

른쪽으로 돌아서면 창고처럼 쓰는 자그마한 방이 있고
그 옆이 목욕탕이다. 목욕탕 안에는 어른 하나 들어갈
만한 쇠솥이 있고 그 주변은 시멘트로 되어 있다.

엄마는 펌프로 물을 길어 솥을 채웠다. 그런 다음 뒤
란에 쌓아둔 장작을 가져와 아궁이에 불을 지피면 솥
안의 물이 천천히 데워졌다. 엄마는 탕 안의 물에 손을
넣어보면서 적당한 온도가 될 때까지 불을 땠다. 너무
뜨거우면 찬물을 길어다 붓기도 했다. 뜨거운 쇠솥 바닥
에는 두껍고 단단한 나무를 가로세로로 엮은 발 받침대
를 놓아두었다. 아버지와 언니오빠들은 탕 안에 들어가
그 위에 앉기도 했다.

한 달에 한 번 목욕탕 물을 데워 목욕하는 건 막내네
식구들에게 자그마한 월례 행사였다. 물이 데워지면 아
버지가 제일 먼저 목욕을 했다. 그리고 큰언니, 작은언
니, 큰오빠, 작은오빠 순으로 때를 밀었다. 그때마다 탕
안에는 둥둥 때가 떴다. 엄마는 뜰채로 때를 건어내고
탕 안의 물이 줄면 다시 찬물을 붓고 아궁이에 불을 땠
다. 한 사람이 탕 밖에서 때를 벗기며 씻는 동안 다른 한
사람은 탕 안에서 때를 불렸다. 그 사람이 나와 때를 벗
기면 그다음 언니오빠가 탕 안으로 들어가 때를 불렸다.

별언니부터는 엄마가 때를 벗겨주었다. 너무 빡빡 밀어 아프다고 하면 엄마는 바가지로 별언니 등을 철썩철썩 때렸다. 맞아서 아프다고 하면 엄마는 고집쟁이가 말도 안 듣는다면서 또 바가지로 때렸다.

별언니를 목욕시키고 나면 그다음은 밝오빠 차례였다. 밝오빠는 엄마가 매만 들면 작은오빠처럼 도망 다니기 일쑤지만 목욕할 때만큼은 꼼짝 못 했다. 엄마는 밝오빠의 때를 벗겨주면서 그동안 잘못했던 걸 하나하나 따졌다. 밝오빠 입에서 잘못했다는 말이 바로 나오지 않으면 밝오빠의 물 묻은 몸을 손바닥으로 찰싹찰싹 때려가며 야단을 쳤다. 때의 많고 적음을 떠나 야단맞을 일의 많고 적음에 따라 밝오빠의 목욕 시간은 달라졌다. 그렇게 목욕시킨 밝오빠를 엄마는 아랫목으로 데려와 갈아입을 옷과 함께 이불로 덮어주었다.

"밝아, 갈아입을 내복은 이불 속에 넣어두었응께 따뜻해지믄 입거라잉."

엄마는 이렇게 말하고 막내를 안고 목욕탕으로 갔다. 엄마는 막내 옷을 벗겨 탕 안으로 안고 들어갔다.

"오메, 내 강아지는 엄마가 안고 들어가야제."

막내는 커다란 탕 속에 서 있을 수도 앉아 있을 수도

없을 정도로 작았다.

"내 강아지는 이 세상에서 누가 젤로 좋응가?"

"엄마!"

"그라제. 엄마도 우리 막내가 최고로 이쁘네. 내 강아지를 안 낳았으면 어쩔 뻔했쓰까잉?"

그렇게 막내까지 목욕을 시켜 아랫목 이불 속에 앉혀두고 마지막으로 엄마가 목욕을 하려던 참에 막내가 온 것이다. 남은 물로 식구들이 벗어놓은 옷도 빨고 목욕탕 청소도 해야 해서 엄마는 맘이 급하다. 그래도 막내가 하는 말이 궁금해 막내와 함께 방으로 갔다.

밝오빠는 이불 속 내복이 따뜻해지기를 기다리다가 발가벗은 채로 잠이 들었다. 목욕을 마친 막내에게도 엄마가 이불을 덮어주고 가자 이불을 들춰보던 막내가 발가벗은 밝오빠를 보고 깜짝 놀란 것이다. 상황을 파악한 엄마는 큰 소리로 웃었다.

엄마는 막내에게 옷을 입힌 뒤 작은 베개 인형을 업혀주었다. 막내는 금세 모든 걸 잊고 툇마루로 나가 허리를 휘휘 저으며 자장자장 베개 인형을 재웠다. 뒤뜰에서 꼬꼬댁대던 닭들도 조용해졌다. 석양녘 순한 햇살이 막내에게 저녁 인사를 했다.

어느 날,
오빠들은

"넌능 주거따, 넌능 주거따."

막내의 귀에는 오빠들이 말하는 소리가 이렇게 들렸다. 노랫소리 같았던 그 소리는 가까이 갈수록 점점 이상하게 변했다. 울음소리가 섞여 있는 듯도 했다.

'어, 오빠들이 울면서 뭐라고 하는 거지?'

막내는 복도로 나와 다다미방 문을 빼꼼히 열고 슬그머니 안을 들여다보았다. 처음에는 어두웠던 방이 점점 밝아지면서 서서히 눈에 들어왔다. 다다미방에는 손님용 이불이 들어 있는 붙박이장 말고는 큰 가구나 물

첫 번째 집 이야기

건들이 없다. 막내 눈에는 다다미방이 운동장처럼 넓어 보였다. 손님이 오면 아버지와 엄마는 다다미방에서 손님을 맞이했다.

잔칫날 친척들이 오면 다다미방에 큰 상을 여러 개 차리고 모여 앉아 함께 밥을 먹었다. 평소에는 온 식구가 모여 아침 예배를 드리기도 하는데 낮에는 오빠들의 놀이터였다. 엄마 아버지가 집에 없거나 교회 가는 일요일과 수요일 저녁에는 완전히 오빠들 세상이다.

오빠들은 다다미방에서 뒹굴고 달리고 떠들며 놀았다. 운동을 좋아하는 큰오빠는 다다미방에서 슉슉 소리를 내며 권투 시범을 보이거나 현란한 발차기 시범을 보여주기도 했다. 큰오빠는 터울이 여덟 살이나 나는 밝오빠보다는 세 살 아래인 작은오빠와 친구처럼 놀았다.

그런데 오늘은 빡빡머리 중학생 큰오빠가 초등학교 일학년 밝오빠까지 함께 데리고 놀고 있었다. 아니, 놀고 있는 건 아니었다. 큰오빠는 뭐라 큰소리를 지르고 작은오빠와 밝오빠는 배를 내놓은 채 울먹이며 "넌능 주거따, 넌능 주거따."를 반복하고 있었다.

"더 크게! 더더더! 더 세게! 더더더!"

큰오빠는 작은오빠와 밝오빠 머리에 꿀밤을 먹여가며

옥박질렀다. 그럴수록 두 오빠는 더욱 큰 소리로 울먹이며 "넌능 주거따, 넌능 주거따."를 반복했다. 두 오빠는 윗옷을 걷고 내놓은 배를 두 손으로 세게 두드리며 박자까지 맞춰가며 그 소리를 반복하고 있었다. 넌능, 할 때는 왼손으로 배를 북처럼 치고 주거따, 할 때는 오른손으로 배를 쳤다.

두 오빠의 울음소리가 커지자 고등학생 큰언니가 방에서 달려 나왔다. 상황을 알아차린 큰언니는 자신이 할 수 있는 가장 심한 욕을 큰오빠에게 했다.

"야, 김 거지 대장 아들. 그만해. 동생들 그만 괴롭히라고!"

욕만 했다 하면 아버지에게 회초리로 맞으며 큰 탓에 큰언니가 가장 화났을 때 하는 욕은 '김 거지 대장 아들'이었다. 이 말을 들은 큰오빠는 "왜 내가 김 거지 대장 아들이야." 하면서 큰언니를 쫓아갔고 놀란 큰언니는 도망갔다. 두 오빠를 울린 큰오빠는 집을 빙빙 돌며 큰언니를 쫓고 큰오빠를 야단치려던 큰언니는 되레 큰오빠에게 쫓기었다.

큰오빠는 학교를 마치고 친구들과 집으로 돌아오다

가 다른 학교 학생들과 시비가 붙어 대판 싸웠다. 집에 돌아와서도 분이 풀리지 않자 두 오빠를 불렀다. 그리고 두 손으로 배를 두드리면서 큰 소리로 "너는 죽었다, 너는 죽었다."를 주문처럼 반복하도록 했다. 자기와는 상관도 없는 말을 배까지 세게 치면서 하라니 두 오빠는 싫었지만, 큰오빠에게 맞을까 봐 울면서도 '넌능 주거따'를 계속할 수밖에 없었다.

나중에 집에 돌아와 모든 사실을 안 아버지는 동생들에게 분풀이했다는 이유로 큰오빠를 엄하게 꾸짖었다. 그런 동생을 바로 살피지 못했다고 엄마는 큰언니까지 혼을 냈다. 큰언니는 여섯 동생이 잘못을 저지를 때마다 함께 책임지고 야단도 함께 맞았다. 그런 큰언니가 안쓰러웠는지 어느새 나비가 다가와 큰언니 무릎 위로 올라가 몸을 비볐다.

다리 밑
사람들

"막내 너는 저 다리 밑에서 주워 왔어."

언니오빠들은 막내를 놀릴 때마다 이렇게 말하곤 했다. 처음에는 "아니야, 아니야. 거짓말이야." 하며 울기만했다. 그런데 자꾸 들으니까 진짜 엄마 아버지는 저 다리 밑에 사는 사람인가, 하는 생각이 들었다. 다리 밑에서 아가 울음소리가 들리자 엄마가 키우겠다고 데려온건가. 그러니까 언니오빠들이 계속 나한테 저런 이야기를 하지. 생각이 여기까지 미치자 막내는 앞마당으로 나갔다. 동산 위로 올라가 담 너머로 고개를 쭉 내밀고 다리 밑을 훔쳐보았다.

막내네 집 옆으로는 개천이 흐르고 개천에는 제법 큰 다리가 놓여 있다. 아버지는 매일 그 다리를 건너서 건너편에 있는 학교로 출퇴근을 한다.

다리 밑에는 한 가족이 천막을 치고 살고 있다. 화덕에 불을 때서 밥도 해 먹고 개울물로 빨래도 하고 빨랫줄에 이불도 말렸다. 추운 겨울에는 장작불을 피워 추위를 견뎠다. 그렇게 일 년 내내 살고 있다. 막내가 살펴보니 오늘도 다리 밑 사람들은 천막 속을 들락거리며 분주하게 움직이고 있다.

칠형제 키우며 먹고살기도 빠듯해 뭐든 아껴가며 살아야 했지만 엄마는 이웃들을 초대해 잔치 벌이기를 좋아했다. 아버지가 큰아들이고 할머니와 함께 살기 때문에 친척들도 자주 왔다. 교회 목사님을 비롯해 교인들도 종종 초대했다. 아버지가 다니는 학교 교직원을 초대할 때면 한꺼번에 다 못 오니까 며칠에 나누어 잔치가 벌어지기도 했다. 그럴 때면 친척이나 이웃이 와서 도와주었다.

엄마는 일주일 전부터 미리 재료를 사서 차근차근 준비했다. 생선은 미리 사서 투덕투덕 말리고 홍어도 항아리 짚 속에 넣어 삭혔다. 마른오징어는 예쁘게 가위질을

첫 번째 집 이야기

해 왕관처럼 장식을 올렸다.

엄마가 장 보러 갈 때면 막내도 따라나섰다. 막내는 시장 갈 때만큼은 엄마와 단둘이 있는 게 좋았다. 막내네 집에서 시장은 그리 멀지 않았다. 집을 나서서 오른쪽 길로 조금만 가다가 왼쪽 골목으로 접어들면 동명동 시장이 길게 이어졌다. 아주 큰 잔칫날에는 천변을 따라 한참을 걸어가 대인동 시장까지 가서 장을 봐 왔다.

일 년이면 몇 번씩 집 안에서 잔치가 벌어졌다. 손님들이 많을 때는 앞마당까지 차일(천막)을 치고 상을 차렸다. 온 동네가 맛난 음식 냄새로 진동을 하는 날이면 걸인들이 막내네 집으로 모여들었다. 먹고살기가 힘들어 매일 집집마다 돌면서 먹을 것을 얻어 가는 사람들이 많았다.

걸인들이 찾아오면 엄마는 정성스럽게 상을 차리고 그들이 돌아갈 때는 음식까지 따로 챙겨주었다. 어떤 사람들은 단골이 되어 엄마에게 "누님, 누님." 하며 놀러 오기도 했다. 걸인뿐만 아니라 문둥병에 걸린 사람과 한국전쟁 때 크게 다쳐 일을 못 하게 된 상이용사들도 집에 찾아오곤 했다. 엄마는 다 전쟁 때문이라며, 우리 집뿐만 아니라 다른 집들도 이렇게 돕고 산다며 전혀 특별

할 게 없다고 했다.

어찌 된 일인지 다리 밑 사람들은 막내네 집에 한 번도 오지 않았다. 잔치가 끝난 후 엄마가 음식을 챙겨서 가져다준 적은 있지만, 그 사람들이 막내네 집을 찾아오는 일은 없었다. 엄마 말로는 비록 다리 밑이지만 살 집도 있는데, 남의 집까지 와서 먹을 걸 얻어 가는 건 예의가 아니라고 생각하는 것 같다고 했다.

막내는 오늘도 다리 밑 사람들을 물끄러미 바라보다 동산을 내려왔다. 하늘빛이 유난히 파랬다. 우물에서 빨래하는 엄마의 방망이질 소리만 탕탕 힘차게 들렸다.

첫 번째 집 이야기

소풍
가는 날

"어서 나오오, 어서!"

마당에서 막내를 안고 있던 아버지가 엄마를 재촉한
다. 언니오빠들도 모두 나와 기다리고 있다.

엄마는 먹을 거 마실 거를 소쿠리에 담고, 이것저것
챙겨서 보자기로 싸느라 늘 늦는다. 준비를 마친 엄마가
손잡이 달린 소쿠리랑 보자기를 들고 나오자 큰언니와
작은언니가 얼른 하나씩 받아 든다. 큰오빠는 자기가 들
겠다며 작은언니에게서 소쿠리를 빼앗는다.

막내네 가족은 아버지가 학교나 교회를 안 가는 토요

일이나 일요일 오후, 그리고 공휴일에는 소풍을 간다.

동물과 새, 나무와 꽃을 좋아하는 엄마 아버지는 틈만 나면 온 식구를 데리고 밖으로 나갔다. 엄마는 함께 가지 못할 때가 많다. 집안일이 많기 때문이다. 하지만 오늘은 모처럼 엄마까지 합류한, 신나는 날이다. 아버지는 카메라를 목에 거는 것도 잊지 않았다.

소풍은 언제나 걸어서 간다. 집에서 멀리 떨어진 전남대학교까지 갈 때도 있고 농장다리 건너 너른 들을 가로질러 산밑까지 다녀올 때도 있다. '경양방죽'이라는 바다처럼 큰 호수까지만 가기도 했다. 시간이 많을 때면 시내버스를 타고 가서 무등산을 오르기도 한다. 막내는 혼자서 걸을 수 있었던 세 살 적부터 아버지를 따라 무등산을 올랐다.

길을 나서 쭉 걷다 보면 태봉산을 지나간다. 조금 큰 동산이지만 막내의 눈에는 엄청 큰 산으로 보였다. 언니 오빠들과 막내는 걸어가다가 궁금한 게 있으면 엄마 아버지에게 묻곤 한다.

"아버지, 왜 산 이름이 태봉산이에요?"

밝오빠가 묻자 아버지는 "임금님의 아들, 왕자님(인조

의 넷째 아들 용성대군)의 태를 묻어둔 곳이라 태봉산이라 하지." 하고 말해준다.

"태가 뭐예요?"

다시 밝오빠가 묻자 이번에는 엄마가 아가가 생겨서 태어날 때까지의 이야기를 알기 쉽게 설명해준다.

"아, 아가가 엄마 배 속에 있을 때 엄마랑 아가를 이어주는 것이구나."

밝오빠는 고개를 끄덕인다.

"그런데 왜 왕자님 태를 거기다 묻었어요?"

밝오빠의 끝없는 질문에 막내 손을 잡고 걷던 아버지는 하나하나 설명해주며 천천히 걷는다.

넓은 보리밭을 지날 때였다. 갑자기 새가 보리밭에서 후드득 날아오르더니 쪼르쪼르 쪼쪼쪼 시끄럽게 운다. 올려다보니 머리 위 하늘을 빙빙 돈다. 멀리 날아가지 않고 파닥파닥 빠르게 날갯짓하며 막내네 가족에게 뭐라고 말하는 것만 같다.

"오메, 종다리다, 종다리!"

엄마가 말했다.

"어, 저 새가 종다리라고?"

막내네 가족은 신기해서 머리 위 종다리를 쳐다보았다.

첫 번째 집 이야기

"엄마, 종다리가 우리 머리 위에서 춤을 추네?"

"저것은 좋다고 춤추는 것이 아니여. 보리밭 속에 집을 짓고 알을 낳아 품고 있다가 사람 소리가 낭게 여그는 우리 집 없소, 험서 날아오른 거여. 알이 있는 둥지를 들킬감시 저렇게 하늘로 날아올라 우리가 둥지를 안 보고 저를 보게 허는 거제. 에미 맘은 사람이나 동물이나 똑같아야."

엄마가 이야기해주었다.

농장 다리를 건널 때가 막내는 제일 무서웠다. 난간도 없이 구멍이 뽕뽕 뚫린 철판으로만 된 좁은 다리를 건널 때면 오빠들은 좋아라 했다. 다리 위에서 발을 구르며 장난을 치기도 했다. 하지만 막내는 겁이 났다. 작은 코고무신이 뽕뽕다리 구멍에 끼어 넘어져서 떨어질 뻔한 후로는 절대 혼자 걷지 않는다.

"내 강아지, 엄마 옆에 뽀짝 붙어서 엄마 손 잡으면 괜찮여, 괜찮여."

엄마는 겁을 내는 막내 손을 잡고 뽕뽕다리를 함께 건넜다.

즐거운 소풍을 마치고 집으로 돌아와 대문 앞에 서면

막내네 식구를 기다리던 백구가 벌써 알고 반갑다고 컹컹 짖는다. 닭들은 배고프다 꼬꼬댁대고 감나무 밑 염소가 음메에 하고 긴 울음을 운다.

할머니와 함께
춤을

"할머니는 땅에 심었는데 왜 안 나와?"

추석에 성묘를 하려고 할머니 무덤을 찾았을 때였다. 할머니의 무덤을 살펴보던 막내는 당연히 땅 밖으로 나와 있을 줄 알았던 할머니가 보이지 않자 엄마에게 이렇게 물었다. 엄마가 집 뜰에 채송화 씨를 뿌리면 채송화가 나오고 봉선화 씨를 뿌리면 봉선화가 나오는데, 할머니는 왜 안 나오지?

할머니는 막내가 태어나고 몇 년 뒤에 중풍을 앓았다. 작년부터는 치매 증상을 보이다가 올해 6월 6일 현

충일 맑은 날 아침 돌아가셨다. 팔순을 몇 해 앞두고 돌아가신 터라 다들 장수했다고 했지만 막내는 많이 슬펐다.

할머니는 큰언니와 작은언니가 대학 다니러 서울로 올라가자 언니들 방을 혼자 썼다.

할머니 방 앞에는 자그마한 툇마루가 있다. 툇마루에는 하루 종일 볕이 들었다. 할머니는 돌아가시기 얼마 전까지도 툇마루에서 동산을 바라보며 막내랑 같이 놀았다.

"저기 저 동산에 있는 것이 과자냐?"

"아니, 할머니. 저건 다 쓰고 버린 치약통이야."

"가져와봐라. 먹어보게."

"안 돼, 할머니. 저건 못 먹는 거야. 치약통을 누가 동산에 버린 거라고."

이런 이야기도 주고받았다.

할머니는 막내가 태어날 때부터 많이 안아주고 함께 놀아주었다. 엄마는 시장에 가거나 외출할 때면 항상 막내를 데리고 다녔지만 막내가 좋아하는 놀이를 같이 해준 건 할머니였다.

할머니는 막내에게 노래도 가르쳐주었다. 할머니는 가사만 크게 적힌 커다란 찬송가 책을 들고 우렁찬 목

첫 번째 집 이야기

소리로 찬송가를 불렀다. 숨이 가빠 자주 숨을 몰아쉬면서 불렀다.

"내 주를 가까이 하려 함은 십자가 짐 같은 고생이나……"를 "내에 주우를 쓰으, 가까이이 쓰으, 하려 하암은 쓰으. 시입자가 쓰으, 지임 가튼 쓰으, 고오생이나 쓰으." 하면서 여러 번 숨을 들이마시고 그다음 소절을 부르곤 했다.

막내는 할머니가 한 소절을 끝낼 때마다 박자를 맞춰 "쓰으." 하고 함께 숨을 몰아쉬었다. 그렇게 막내는 할머니가 찬송가를 부르는 내내 "쓰으, 쓰으." 하고 할머니가 숨 쉬는 부분만 따라 했다. 찬송가를 4절까지 다 부르고 나면 할머니는 "오메, 내 강아지가 찬송가도 이리 잘 따라 헌다잉." 하며 막내 엉덩이를 토닥여주었다.

막내가 할머니와 진짜 잘 부른 찬송가도 있었다. 막내는 이 찬송가가 제일 좋았다.

"나의 사랑하는 책, 비록 해어졌으나 어머니의 무릎 위에 앉아서. 재미있게 듣던 말 그때 일을 지금도 내가 잊지 않고 기억합니다. 귀하고 귀하다 우리 어머니가 들려주시던. 재미있게 듣던 말 이 책 중에 있으니 이 성경 심히 사랑합니다."

엄마는 막내가 졸려 할 때면 이 노래를 불러주었다. 막내는 엄마의 치마폭에 누워 노래 부르는 엄마의 얼굴을 바라보며 엄마 젖을 만지작거리다 잠이 들곤 했다. 스르륵 잠이 들려고 할 때 가끔 엄마의 목멘 소리가 들리기도 했다. 엄마는 엄마의 엄마가 생각나는지 울면서 찬송가를 부를 때도 있었다. 막내는 할머니와 이 찬송가를 부를 때마다 고소한 엄마 냄새가 풍기고, 엄마의 포근한 젖가슴이 만져지는 듯했다.

할머니가 좋아하는 노래는 찬송가 말고 또 있었다.

"밀밭에서 너와 내가 쓰으, 서로 만나서 쓰으, 키스를 한다 해서 쓰으, 누가 뭐래니 쓰으, 랄라랄라 랄라랄라 랄라랄라라 쓰으, 랄라랄라 랄라랄라 라랄랄라라 쓰으."

이 노래를 앉아서 부를 때면 할머니는 소절마다 첫 글자에 힘을 주어 부르면서 그때마다 손바닥으로 무릎을 치며 박자를 넣었다. 할머니와 마주 앉은 막내도 소절의 첫 글자에 힘을 주어 불렀다. 손바닥으로는 무릎을 쳤다. 그렇게 부르다 흥이 오를 대로 오르면 할머니는 자리에서 일어났다. 막내와 함께 손을 잡고 둥글게 돌며 춤을 췄다.

막내는 "키스를 한다 해서 누가 뭐래니."가 무슨 뜻인 지도 모른 채 할머니를 따라 열심히 노래 부르고 신나게 춤을 추었다. 동산의 나무들과 빨랫줄의 빨래들, 하늘 의 흰 구름도 빙빙 돌며 함께 춤을 추었다.

엄마가
아프다

"당신이 없는데 여보가 아파서 어떻게 해."

잠에서 깨자마자 거울 앞 의자 위로 올라간 막내는 엄마의 의걸이장에 붙은 거울 속 막내에게 이야기하며 한숨을 쉬었다. 거울 위쪽에는 커다란 물방울처럼 볼록 거울이 붙어 있는데 밑에서 봐도 참 예쁘다. 막내가 의자 위로 올라가면 예쁜 볼록거울은 더 높이 달아났다. 큰 거울 속 둥글넙죽한 막내의 얼굴도 걱정스러운 눈으로 거울 밖 막내를 바라보았다.

막내는 간밤에 엄마와 함께 잤다. 언니들 방에서 잘

때도 있지만 엄마는 막내를 자주 품에 안고 잤다. 추운 겨울에 막 들어간 이불 속은 차디차다. 엄마는 "어메, 차거 차거." 하면서도 따스한 허벅지 사이에 막내의 차가운 두 발을 넣고 녹여주었다. 그러고 있으면 금세 이불 속도 따뜻해졌다.

그런데 어젯밤은 엄마가 막내를 안아주지 못했다. 엄마 몸은 불덩이처럼 뜨거웠다. 아버지는 서울로 출장 가고 없었다. 잠들기 전부터 엄마가 아파 걱정하던 막내는 잠결에 엄마의 끙끙 앓는 소리를 듣고 새벽녘에 깼다. 그리고 일어나 거울 속 막내에게 걱정스레 이야기한 것이다. 거울 속 막내도 자기를 위로해주지 못하자 막내는 갑자기 아버지 서재에 있는 둥근 탁자가 생각났다.

아버지는 막내뿐만 아니라 언니오빠들에게 항상 인자하고 따스하다. 이유 없이 화내는 법이 없었다. 막내가 엄마에게 야단맞고 울고 있으면 아버지는 번쩍 들어 안아주면서 "세상에서 단 하나뿐인 내 새끼!"라며 활짝 웃었다.

그렇게 인자한 아버지이지만 아주 무섭게 화를 낼 때가 있다. 밝오빠는 별언니에게 욕을 하다가 아버지에게 맞았다. 집에서 욕은 절대 하면 안 되었다. 별언니는 "헬로 헬로 초코레또 기브미. 헬로 헬로 먹던 것도 좋아요."라는 노래를 부르며 집 안을 뛰어다니다가 아버지에게 종아리를 맞았다. 아버지가 민족의 자존심을 없애는 나쁜 노래니까 절대 부르지 말라고 여러 번 이야기했는데도 말을 듣지 않은 것이다. 한 번씩 아버지에게 호되게 야단맞은 언니오빠들은 다시는 똑같은 잘못을 저지르지 않았다.

막내도 아버지에게 딱 한 번 맞은 적이 있다. 막내는 아버지가 왜 그렇게 화를 냈는지 아직도 모른다.

서울에서 대학 다니는 두 언니를 위해 엄마는 떡을 하고 반찬을 만들어 밤차로 서울을 갔다 오곤 한다. 그때마다 참기름과 들기름을 짜 가지고 가서 신촌 시장에 내다 팔았다. 그날 저녁도 엄마는 서울 가고 없었다.

막내는 자꾸만 엄마가 보고 싶었다. 안아서 재워주던 엄마의 따스한 품이 생각나고 고소한 엄마 냄새를 맡아야 잠이 올 것 같았다. 아무리 참으려고 해도 참을 수 없게 되자 울음이 터져 나왔다. 울지 말라고, 엄마는 언니들하고 자고 내일 올 거니까 기다리라고 달래는 아버지의 말은 귀에 들어오지 않았다. 아버지가 안아서 달래줄

64   첫 번째 집 이야기

수록 막내는 엄마가 보고 싶어 더 큰 소리로 울었다.

한참을 달래던 아버지는 갑자기 회초리를 들고 막내의 종아리를 때렸다. 언제나 자기 편인 줄만 알았던 아버지가 화를 내자 막내는 놀라서 울고 엄마가 더 보고 싶어 계속 울었다. 울음을 그치지 않자 아버지는 "이놈아. 그만 울란 말이다." 하며 또 종아리를 때렸다. 맞을까 봐 겁이 나서 울음을 그친 막내는 서럽고 슬프고 아파도 울음을 삼키느라 어깨만 들썩였다.

아버지는 그런 막내를 안고 서재로 가서 둥근 탁자 위에 앉혔다.

"많이 아프냐."

아버지는 옥도정기를 솜에 묻혀 회초리 자국이 난 종아리에 발라주었다. 막내는 또 울음이 터져 나오는 걸 참으며 고개만 끄덕였다. 막내의 칭얼대는 버릇이 없어진 것도 이때부터다.

아버지는 별언니도 밝오빠도 다치거나 하면 모두 서재에 있는 이 둥근 탁자 위에서 약을 발라주었다. 아버지는 막내가 온몸에 피부병이 돋았을 때도 이 탁자 위에 눕혀놓고 골고루 약을 발라주었다. 막내는 저렇게 아픈 엄마도 아버지 서재의 둥근 탁자 위에서 약을 발라 주면 금방 나을 것 같았다.

막내는 엄마 방을 나와 복도를 걸어서 아버지 서재로 갔다. 문을 열고 물끄러미 탁자를 바라보다가 다시 엄마 방으로 와 엄마 얼굴을 바라보았다. 막내는 그렇게 서재와 엄마 방을 몇 번이나 왔다 갔다 했다. 엄마는 힘이 없고 열이 많이 나 일어날 수도, 서재의 둥근 탁자까지 걸어갈 수도 없었다.

그렇게 막내가 애를 태우는 사이 아침이 되었다. 서울에 출장 간 아버지가 의사 선생님에게 전화를 했는지 아침 일찍 의사 선생님이 왕진 가방을 들고 왔다.

눈만 살짝 보인 아침 해는 창문 밖에서 막내에게 아무 염려 말라며 찡긋 웃었다. 복도에 걸려 있는 괘종시계도 안심이 되는지 걸걸한 할머니 목소리처럼 덩덩, 종을 울렸다.

첫 번째 집 이야기

광주서중과
광주제일고등학교
관사

막내 다섯 살

두 번째 집
이야기

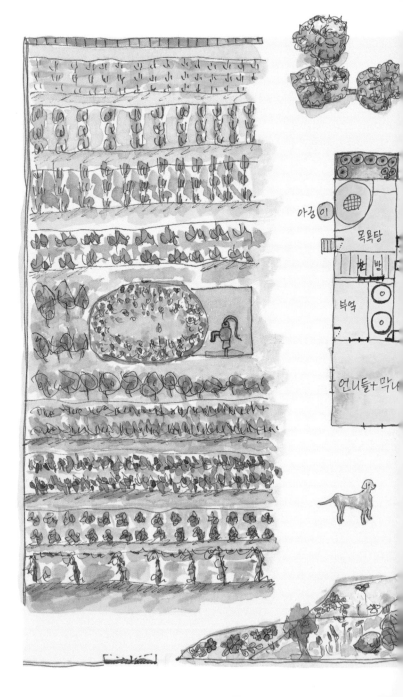

아강이

목욕탕

현 방

부엌

언니들+막니

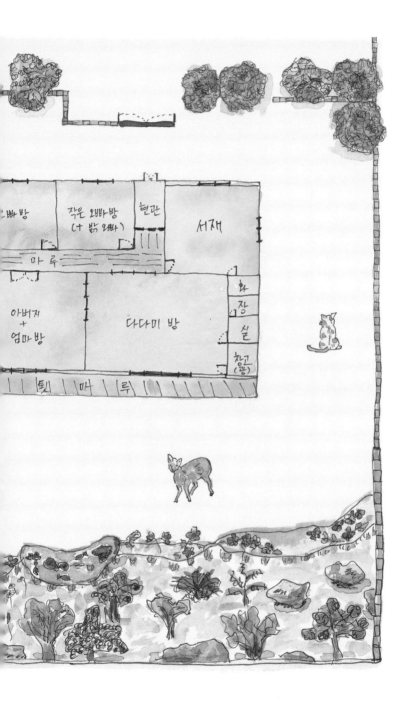

오빠방　　작은오빠방　　현관　　서재
(+방오빠)

마루

아버지
+
엄마방　　다다미방

화
장
실

창고
(광)

퇴　마　루

변소는
무서워

"별언니. 별언니?"

변소 밖 복도에서 노래를 부르던 별언니의 노랫소리가 들리지 않는다. 막내는 다급히 별언니를 불러본다. 대답이 없다. 오늘도 별언니는 막내가 일을 다 보기도 전에 방으로 들어가버렸다. 누구라도 냄새 나는 데서 노래 부르는 걸 좋아할 리 없다.

막내가 태어난 집은 재래식이라 변소가 밖에 있었다. 변소를 가려면 현관문을 열고 밖으로 나가 대문 쪽으로 한참을 가야 했다. 밤에는 컴컴해서 변소 가는 게 얼마나 무서웠는지 모른다. 엄마는 방마다 요강을 두고 밤에는 요강에 오줌을 누게 했다.

문제는 밤에 큰일을 보고 싶을 때였다. 서울에서 대학 다니다 방학 때면 집에 오는 큰언니와 작은언니도 무서워하기는 마찬가지였다. 밤에 변소 갈 때마다 언니오빠들은 무섬증을 달래기 위해 누구 한 사람을 변소 밖에 세우고 노래를 부르거나 말을 하게 했다. 노래와 말소리로 집 안으로 들어가지 않았다는 걸 확인하기 위해서다. 어린 막내만 예외였다. 큰일을 볼 때면 낮이건 밤이건 엄마나 언니들이 변소까지 따라가 안전하게 앉았는지 확인하고 밖에서 기다려주곤 했다.

그런데 이사 온 집은 변소가 재래식이긴 하지만 다행히 집 안에 있다. 그것도 두 군데나 있다. 아버지 서재에 붙어 있는 변소는 주로 아버지나 엄마, 혹은 손님이 오면 사용하는 깨끗한 변소다. 하지만 막내 방에서 너무 멀리 떨어져 있어 낮에도 무서웠다. 막내는 언니오빠들과 함께 큰오빠 방 옆에 있는 변소를 주로 사용했다. 그런데 이제는 막내가 변소를 갈 때 아무도 따라와주지 않는다. 뚜껑 달린 나무 좌변기가 있는 데다 막내도 이제 다섯 살이나 됐기 때문이다.

두 번째 집 이야기

낯선 집으로 이사 온 지 얼마 되지 않은 어느 날 밤, 막내 혼자 변소에서 큰일을 보고 있을 때였다. 엄청나게 크고 무시무시한 그림자가 창문을 통해 변소 안으로 기어들어와 넘실대며 흔들거렸다. 마치 귀신이 양팔을 벌리고 막내를 잡아먹으려고 달려드는 것 같았다. 막내는 너무 놀라고 무서워 큰 소리로 엄마를 찾으며 울어댔고, 놀란 엄마가 방에서 달려 나왔다.

"엄마, 귀신, 귀신!"

엄마는 "귀신이 어디가 있다고 그러냐." 하며 막내를 안심시켰다. 막내는 그때까지도 벽에서 마구 흔들거리는 검은 그림자를 손가락으로 가리키며 계속 울었다. 엄마는 변소 벽을 탁탁 치며 말했다.

"오메, 이것은 플라타너스가 달빛을 받아 생긴 그림자여. 나무 그림자가 흔들리고 있는 것이제 귀신이 아니여."

엄마가 달래도 놀란 가슴이 진정되지 않았던 막내는 그 후로 변소 가는 게 싫어졌다. 어두컴컴한 변소는 밤낮에 상관없이 무서웠다. 낮에 오줌이 마려우면 딸기밭이나 배추밭에 쪼그리고 앉아 누면 그만이었다. 하지만 큰일을 볼 때는 변소에 가야 했다. 변소에 혼자 앉아 엄마가 밑 닦으라고 잘라둔 신문지 조각을 두 손으로 비비고 있으면 귀신이 언제 어디서 어떤 모양을 하고 나타날지 몰라 가슴이 쿵쾅거렸다.

그런 막내를 보고 언니오빠들은 이렇게 놀려댄다.

"막내야, 지난번에는 귀신 그림자만 나왔지? 이번에는 네 똥꼬 밑에서 귀신이 양손에 종이를 들고 흔들어대며 빨간 휴지 줄까, 파란 휴지 줄까, 물어볼 거야. 그러면 빨리 대답해야 해. 안 그러면 귀신이 너 잡아간다?"

막내는 거짓말인 줄 알면서도 "빨간 휴지 줄까, 파란 휴지 줄까." 하는 귀신 목소리가 정말 들리는 것만 같다. 그럴 때면 무섬증을 참지 못하고 큰일 보는 중간에 변소를 뛰쳐나와 초등학교에 다니는 별언니에게 갔다. "언니, 이번 한 번만 같이 가자, 응?" 하고 사정하면 별언니는 "그럼 너 언니 심부름 잘해줄 거지?" 하며 따라와주었다. 하지만 별언니가 끝까지 기다려주는 건 아주 가끔일 뿐, 오늘처럼 막내가 일을 다 보기도 전에 몰래 방으로 들어가버리곤 한다.

막내는 귀신이 빨간 휴지, 파란 휴지 하며 묻기 전에 일을 빨리 마치고 변소를 나가고 싶다. 막내는 얼굴이 빨개지도록 아랫배에 힘을 준다. 무섬증을 쫓기 위해 큰

소리로 별언니를 계속 불러본다. 별언니는 여전히 대답이 없다.

대문 옆 담장을 빙 둘러 우뚝우뚝 서 있는 플라타너스는 막내를 놀라게 했던 일이 새삼 미안한지 어둠 속에서 숨죽이며 달빛만 고요히 맞고 있다.

닭죽을
먹을 때면

"꼬꼬댁 떼엑!"

엄마에게 쫓기던 닭이 엄마 손에 꼬리가 잡히자 비명을 내지르며 잽싸게 엄마 손에서 빠져나간다. 막내와 함께 뜰에서 놀던 예쁜 닭 중에서 암탉 한 마리가 엄마한테 쫓기는 중이다. 엄마는 닭을 잡으러 달려가고, 닭은 잡히지 않으려고 뜰 안을 여기저기 헤집으며 도망 다닌다. 그런 암탉을 보던 수탉도 안절부절못하다가 "꼬꼬대에에엑!" 하고 긴 울음을 운다.

막내는 엄마 뒤를 따라가며 "꼬꼬야, 꼬꼬야. 꼭꼭 숨어라. 엄마에게 잡히지 마아라." 하며 닭을 응원한다. 닭은 온 뜰 안을 돌며 도망가고 엄마는 닭을 뒤쫓고 막내는 엄마 뒤를 쫓아가며 중얼중얼 주문을 외운다.

얼마쯤 그랬을까. 막내가 응원한 보람도 없이 닭은 엄마 손에 잡히고 만다. 막내는 잡힌 닭이 어떻게 될지 알기에 귀를 막고 멀리멀리 배추밭으로 달려간다. 그리고 공놀이할 때 부르는 노래를 목청껏 부른다.

"아가야, 어서 자라서 배추밭의 애벌레를 잡아 죽여라! 아가야, 어서 자라서 배추밭의 애벌레를 잡아 죽여라!"

몇 번을 반복해서 부르다가 귀를 막았던 손을 살며시 떼어본다. 아, 이제 모든 게 끝났나 보다. 닭이 죽기 전까지 파닥거리며 꼬꼬거리는 소리가 막내는 정말 싫다. 다행히 귀에서 손을 떼도 닭 울음소리는 들리지 않는다. 엄마는 마당에 있는 화덕에 장작불을 피워 펄펄 끓인 물에 닭을 넣었을 것이다. 아니 어쩌면 이미 건져내 털을 뽑고 있을지도 모르겠다.

막내네 집에서 엄마가 닭 잡는 날은 한두 달에 한 번

있을까 말까다. 누구 생일이거나 주말에 온 식구가 함께 밥을 먹어야 할 좋은 일이 있거나 할 때면, 엄마는 키우던 닭 중에서 제일 살진 암탉을 잡았다. 조금 전까지만 해도 함께 놀던 닭이 죽어서 가엾다 생각했는데, 막내는 엄마가 죽은 닭을 어떻게 다듬는지 궁금하다. 막내는 우물가에 쪼그리고 앉아 엄마가 닭 손질하는 걸 구경한다.

엄마는 털 뽑은 닭을 맑은 물에 담가 박박 씻었다. 커다란 도마 위에 씻은 닭을 올려놓고 숫돌에 몇 번 슥슥 간 식칼로 부리와 발톱을 탁탁 잘랐다.

"엄마, 왜 부리와 발톱을 잘라요?"

"응, 부리와 발톱은 날카로워서 못 먹어."

엄마는 칼 든 손에 힘껏 힘을 주어 닭의 배를 가른다. 마디가 툭툭 불거져 나온 엄마 손은 요술 손 같다. 닭의 배 속에는 많은 게 들어 있다. 엄마가 하나씩 꺼내 손질할 때마다 막내가 묻는다.

"그건 뭐예요?"

"응, 이건 간."

"그건 뭐예요?"

"응, 이건 염통이여."

두 번째 집 이야기

"그건?"

"이건 닭똥집이라고들 허는디 사실은 닭 위여 위. 음식을 소화시키는 위."

닭똥집을 엄마가 칼로 갈라 뒤집으니 닭이 오늘 먹은 모래, 풀잎, 벌레 껍질 등 온갖 것이 쏟아져 나왔다. 어떤 때는 닭 배 속에 피 묻은 노른자가 여러 개 들어 있을 때도 있다. 엄마는 "이것이 알이 되어서 닭이 알을 낳는 것이여."라고 설명해주었다. 막내는 닭 배 속에서 달걀이 만들어지는 게 신기하기만 하다.

엄마는 그렇게 손질한 닭을 다시 한번 깨끗한 물에 헹궜다. 그런 다음 아까 털 뽑으려고 물을 끓였던 화덕에 큰 찜통을 올리고 닭을 넣고 푹 고았다. 마늘과 인삼, 말린 대추도 넣었다. 불려두었던 찹쌀도 넣었다. 화덕에 불을 때는 엄마 이마에 땀이 송글송글 맺힌다. 닭죽 냄새는 닭과 찹쌀이 익어갈수록 구수해졌다.

닭죽이 다 되면 엄마는 식구 수대로 푸고 나서 그 위에 닭고기를 뜯어 올려주었다. 닭다리 살과 간, 닭똥집과 인삼은 아버지 죽 위에 올렸다. 나머지 살은 전부 섞어 언니오빠들과 막내에게 골고루 나눠주었다. 엄마는 뼈에 조금 붙어 있는 살과 물렁뼈, 그리고 닭발을 먹었다.

뼈를 발라 먹던 엄마는 새총처럼 생긴 Y자 모양의 자그마한 뼈가 나오자 "자, 누가 차골 당기기 놀이 할래?" 한다. 차골은 닭의 두 날개를 잇고 몸의 중심을 잡아주는 뼈다. 막내가 "나, 나!" 하면서 엄마 손에서 차골을 뺏다시피 낚아챘다. 그러자 밝오빠가 "막내, 넌 항상 지면서 그래도 하고 싶어?" 하며 차골의 한쪽 뼈를 잡았다. 엄마의 "시이작!" 소리에 맞춰 막내와 밝오빠는 차골 뼈를 잡아당겼다. 이번에도 밝오빠가 잡은 쪽에 뼈가 더 많이 남고 막내가 잡은 뼈는 힘없이 톡 부러졌다. 막내는 번번이 졌지만 엄마가 닭죽을 쑬 때마다 차골 당기기 놀이가 기다려졌다.

닭죽 냄새를 맡은 강아지 복실이가 입맛을 다시며 마당을 서성였다. 엄마는 닭뼈를 개에게 주면 식도가 찢어진다며 절대 주지 않았다. 닭죽 먹은 날엔 복실이 밥에 굵은 멸치 몇 마리를 넣어주었다. 식구들에게 닭죽을 배불리 먹이고 우물가에서 찜통을 씻는 엄마의 머리카락이 저녁 선들바람에 살랑 춤을 춘다.

빼빼언니,
별언니

"당신이 집에서 자식들 키워보세요."

엄마는 아버지와 다툴 때만 표준말을 쓴다.

"그런 엉뚱한 소리 그만하고 자식들 말에 귀를 기울
이란 말이오. 당신 기준에서 아이들만 야단치지 말고!
아이 옷을 벗겨 대문 앞에 세워두는 게 말이나 되오?"

"아이고, 지가 옷을 벗고 당신 올 때까지 대문 앞에
서 있었던 거지 나는 갸 옷 벗긴 일 없어요!"

그러다가 흥분하면 조금씩 다시 사투리가 나온다. 구
수한 사투리에 젖어 있는 엄마와 달리 언니오빠들은 어

두 번째 집 이야기

려서부터 억양은 느리지만 사투리를 심하게 쓰지 않았다. 서울에서 학교를 다니고 오랫동안 교사 생활을 한 아버지의 영향 때문이었다. 막내도 자연스레 언니오빠들 말투를 따라 심한 사투리는 쓰지 않았다.

엄마와 아버지가 다투는 일은 아주 드물다. 아이들이 들을까 봐 서로 많이 참기 때문이다. 오늘처럼 어쩌다 한번 다투면 아버지 목소리가 어찌나 쩌렁쩌렁하고 무서운지 막내는 겁이 난다.

막내는 엄마 아버지의 다투는 소리가 싫어 마당으로 나와 나지막한 동산의 바위 위에 앉았다. 연못 양옆으로 줄지어 심어진 해당화에 빨간 열매가 달려 있다. 아직 덜 익은 주황색 열매도 보였다. 해당화의 연한 줄기를 꺾어 껍질을 벗기고 씹으면 입안 가득 연둣빛 물이 감도는 것처럼 상큼하다. 봄이 다 갈 즈음 피어나기 시작한 연보랏빛 꽃 무더기 앞에 서면 향기가 진동했다. 그 꽃들이 지고 이제 예쁜 열매가 맺힌 것이다.

엄마 아버지가 싸운 건 별언니 때문이다. 별언니는 어렸을 적부터 빼빼 말라서 막내는 빼빼언니라고 부르기도 한다. 초등학교 다니는 별언니는 학교가 파하면 곧장 집으로 오지 않고 친구들과 여기저기 돌아다니면서 놀

다 온다. 호기심이 많아 집에 올 때도 정해진 길이 아니라 여러 길로 가보곤 하다가 늦을 때가 많다. 게다가 고집도 세다. 그런 별언니를 엄마는 자주 야단쳤다. 막내는 엄마가 야단치면 무서워서 아무 말도 못 하는데, 별언니는 야단맞을 때도 엄마에게 당당하게 대든다. 그래서 엄마 화를 더 돋우었다.

오늘도 집에 늦게 온 별언니는 야단을 맞았다. "나는 잘못한 게 없어! 학교에서 친구들과 놀다 온 게 뭐가 잘못이냐고." 하면서 엄마에게 또 대들었다. 엄마는 이번에는 언니 고집을 꺾을 요량으로 "그렇게 친구들이 좋으면 집 나가서 아예 친구들하고 살아라!" 하고 말했다. 집 나가겠다는 별언니의 말에 엄마는 진짜 그럴까 봐 "집 나가려거든 옷 벗어두고 나가." 했다. 그런데 별언니는 진짜 옷을 다 벗고 팬티만 입은 채 대문을 열고 나가버렸다. 아버지가 퇴근하고 올 시간이었다. 대문은 골목 끝에 있어 다행히 지나다니는 사람은 없었다.

별언니의 작전은 성공했다. 퇴근한 아버지가 대문 앞에 발가벗고 서 있는 언니를 보고 집에 들어오자마자 엄마에게 벼락같이 화를 낸 것이다. 일하느라 정신없던 엄마는 별언니가 옷을 벗고 나간 줄도 모르고 있다가 아버지가 대뜸 화를 내자 억울했다. 아버지가 자식 편만 드는 것 같아 섭섭했다.

엄마는 자식 중에서 제일 약한 별언니가 크게 아플까, 행여 무슨 일이 생길까 노심초사 걱정이 많다. 별언니가 학교에서 늦게 올 때마다 엄마가 마음 졸이며 애태우는 이유는 따로 있다. 엄마는 오늘도 별언니의 무덤을 파던 때가 생각나 눈물이 왈칵 쏟아졌다.

별언니는 한국전쟁이 일어나던 해 태어났다. 북한은 그해 7월 광주까지 밀어닥쳐 광주 사람들은 시골로 피난 가기 바빴다. 학교 교장이었던 아버지는 인민군에게 납치되어 생사를 확인할 길이 없었다. 엄마는 아는 사람 집에서 다섯 자식을 암탉이 병아리 품듯 품으며 피신해 있었다. 하루 종일 총소리와 대포 소리를 들으며 두려움에 떨었다. 먹을 것을 구할 수도 없었다.

그 와중에 6개월 남짓 되었던 아가 별언니는 어느 날부터인가 엄마 젖을 빨지 않았다. 엄마가 입으로 씹은 후 먹여주는 밥도 받아먹지 않았다. 급기야 고열이 나더니 몇 날 며칠 열이 내리지 않아 정신을 차리지 못했다. 약도 없고 더욱이 의사도 없어 냉수로 찜질을 해주고 보

두 번째 집 이야기

릿물만 먹일 뿐이었다. 그래도 열은 내리지 않아 별언니
는 의식조차 없었다.

아가 별언니의 숨소리가 죽은 듯 잦아든 지 며칠이 지
난 어느 날, 엄마는 밖이 조용해진 틈을 타 곡괭이와 삽
을 구해 동네 뒷산으로 갔다. 산비탈 양지바른 곳을 골
라 무덤을 팠다. 남편은 납치되고 식량은 구할 수 없고
살아갈 아무런 대책이 없는 상황에서 자식의 무덤까지
파야 했던 엄마는 기가 막혔다. 집에 가서 별언니를 포
대기째 데려와 무덤 앞에 두고 엄마는 펑펑 울었다.

"아가, 아가, 이다음에 하늘나라에 가서 다시 안아줄
팅게 이곳에 편히 잠들거라잉."

엄마는 아가의 영혼을 위해 한참을 기도하다가 눈을
떴다. 그때까지 숨도 안 쉬고 죽은 듯 누워 있던 아가 별
언니가 까맣고 커다란 눈을 동그랗게 뜨고 있었다. 깜
짝 놀란 엄마가 별언니를 품에 안자 열흘 넘게 뜨거웠던
몸엔 어느새 열이 내려 있었다. 별언니는 엄마 젖가슴을
더듬더니 젖을 빨기 시작했다.

어느새 집 안은 고요해지고 엄마가 부엌에서 밥 차리
는 냄새가 솔솔 났다.

"막내야, 어디 있어? 저녁 먹게 들어와아."

별언니가 툇마루로 나와 동산을 향해 소리친다.

별언니 주려고 딴 빨간 해당화 열매 세 알이 막내의
손바닥 위에서 가만히 반짝인다.

　　　　　　　　　　　　　　두 번째 집 이야기

쪽문이
열린 날

막내는 이 집으로 이사 오자마자 담 너머 학교에서 들려오는 소리가 궁금해 동산으로 올라갔다.

'어, 왜 담 밖이 이렇게 안 보이지?'

막내는 밖이 보이지 않아 답답했다. 동산의 바위 위에 올라가 까치발을 디뎌보아도 마찬가지였다. 막내가 태어난 집은 동산에 올라가면 담 밖의 길도 보이고 개천도 보였다. 아버지가 다니는 학교 건물과 숲까지 다 보였는데 여기는 이상했다. 동산은 더 낮아지고 담은 더 높아져서이다. 이사 온 집은 동산으로 이어진 담 밖이 바로 학교 운동장이다. 운동장에서는 중고등학교 오빠들의 소리가 자주 들렸다. 운동할 때 나는 소리, 점심시간이나 쉬는 시간에 장난치고 떠들며 노는 소리가 왁자했다.

담에는 운동장으로 바로 통하는 쪽문이 하나 있는데 늘 잠겨 있었다. 아버지는 그 쪽문을 통해 학교 가면 빠를 텐데 골목 쪽으로 나 있는 대문을 나선 후 도로로 걸어가 학교 정문으로 출근했다. 퇴근할 때도 정문을 이용했다. 그래서 막내는 쪽문은 열면 안 되는 문인 줄만 알았다. 실제로 그 문은 자물쇠가 걸려 있었고 좀체 열리는 일이 없었다.

한동안 조용했던 운동장이 오늘은 이른 아침부터 소란하다. 운동장에서 선생님이 마이크로 말하는 소리도 크게 들렸다. 사람들이 웅성거리는 소리도 시간이 지날수록 점점 커졌다. 항상 오빠들 목소리만 우렁우렁 들리던 운동장에서 언니들 목소리도 간간이 섞여 들렸다. 무슨 일인지 궁금해 막내는 또 동산으로 올라가 담 밖을 보려 했지만 여전히 운동장은 보이지 않았다.

점심을 먹고 난 막내는 심심했다. 복실이를 부르며 함께 앞마당 뒷마당으로 뛰어다녔다. 줄을 가지고 나비랑도 한참을 놀았다. 그렇게 놀고 나도 또 심심했다.

두 번째 집 이야기

이번에는 엄마 아버지가 돌보는 채소밭으로 갔다. 밭은 엄청 넓다. 밭에는 여러 가지 채소들이 자라고 있다. 자주색 가지도 주렁주렁 열려 있다. 작은 가지를 하나 톡 따려는데 줄기에 난 가시 때문에 손이 따갑다. 막내는 가지 대신 동그랗게 말린 작은 오이를 하나 땄다. 오이를 딸 때도 손이 조금 따끔거렸지만 연한 오이가 맛있다. 엄마와 아버지는 이 넓은 밭의 채소를 어떻게 다 키우지? 막내는 쑥쑥 자라 주렁주렁 열매 맺는 채소들이 신기하기만 하다.

덥고 땀이 나서 막내는 우물로 갔다. 엄마가 커다란 다라이에 채워놓은 물을 세숫대야에 덜어 손도 씻고, 발도 씻었다. 그 물을 버리고 세숫대야에 새로 물을 부어 이번에는 배를 띄웠다. 벗어놓은 납작 고무신을 뒤집기만 하면 금방 배가 되었다.

그때 누군가 다급하게 쪽문을 두드렸다. 여러 사람의 목소리도 들렸다. 낯선 언니들 목소리였다. 막내는 쪽문을 열 수가 없어 큰 소리로 엄마를 부르며 집 안을 향해 소리쳤다.

"엄마, 엄마. 사람들이 쪽문을 두드려. 빨리빨리."

막내가 다급하게 말하는 소리에 놀라 집 안에서 일을

하던 엄마가 뛰쳐나왔다.

"워메 워메, 뭔 일이라냐?" 하며 쪽문 쪽으로 달려간 엄마가 잠겨 있던 문을 열었다. 언니 하나가 다른 언니를 업고 또 다른 언니들은 길을 내며 우르르 마당으로 들어왔다. 엄마는 대번에 상황을 알아차리고 언니를 시원한 그늘이 있는 평상에 눕혔다. 그리고 여러 번 펌프질을 해 차가워진 물에 수건을 적셔 얼굴과 팔다리를 닦아주기 시작했다. 엄마는 그 일을 다른 언니에게 맡기고 부엌으로 가서 대접에 물을 담아왔다. 다행히 그 사이 언니가 정신을 차렸다.

엄마는 "오메, 오늘 날씨가 겁나게 더워서 일사병 걸렸는갑구만. 이거 소금 탄 물잉께 언능 마셔봐!" 하며 언니를 일으켜 물을 먹였다. 얼굴이 익어 벌겋게 된 다른 언니들에게도 엄마는 주전자에 담아 온 시원한 물을 따라주었다. 언니들은 우물로 가서 세수하고 몸을 씻고 나서는 살 것 같다고 했다. 엄마 손에는 어느새 깨끗한 마른 수건이 들려 있었다.

"오메, 귀한 집 자식들이 친구들 응원헌다고 땡볕에서 다들 고생했구만잉. 이렇게 더운디 전국체전 도내 예선전을 헌다고 애기들 고생시키고 어쩌끄나."

언니들은 엄마에게 몇 번이나 고맙다는 인사를 하며 다시 쪽문을 통해 땡볕 속 운동장으로 나갔다.

"쪽문을 아예 열어놓을 것잉께 다른 친구들도 더우면 언제든 우물에 와서 물도 마시고 씻고 가라고 허소."

엄마는 언니들 등 뒤에 대고 말했다.

열어둔 쪽문을 통해 오후 내내 낯선 언니오빠들이 우물을 왔다 갔다 했다. 그런 언니오빠들을 구경하느라 막내도 오후 내내 우물에서 살다시피 했다. 쪽문이 처음 열리고 가장 많은 사람이 한꺼번에 왔다 간 날이었다.

운동장이 조용해지자 엄마는 다시 쪽문을 꽁꽁 걸어 잠갔다. 저녁상을 차리기 위해 대바구니를 들고 채소밭으로 가는 엄마 뒤를 막내와 복실이가 졸졸 따라갔다.

두 번째 집 이야기

밤비가
죽었다

"밤비야, 밤비야, 아구 우리 이쁜 밤비가 이렇게 허망하게 가다니이~."

엄마도 엉엉 울고 막내도 엉엉 울고 밝오빠도 운다.

밤비가 죽었다. 어젯밤까지도 마당 정리를 하던 엄마 뒤를 복실이와 함께 졸졸 따라다니던 밤비가 아침에 일어나보니 동산에 쓰러져 있었다. 먹은 걸 다 토하고 죽었다. 밤비는 새끼 고라니 이름이다. 지난봄에 엄마 친구가 막내네 집으로 데려왔다. 엄마 친구 집은 야트막한 산밑에 있는데 어미 잃은 새끼 고라니가 몇 날 며칠 산

기슭에서 비칠거리는 걸 보고 엄마에게 데려왔다.

동물을 좋아하는 엄마는 새끼 고라니를 보자 굉장히 기뻐했다. '밤비'라는 이름을 지어주고 복실이보다 더 애지중지 키웠다. 밤비는 엄마가 자기 엄마인 줄 알고 엄마 뒤만 졸졸 따라다녔다.

막내는 밤비 눈이 까맣게 빛나는 게 예뻐서 만져보고 싶었다. 코는 복실이 코보다 더 반짝거려 뽀뽀해주고 싶었다. 몸통도 오동통한 게 안으면 정말 포근할 것만 같았다. 그러나 밤비는 복실이와 달리 막내가 다가오거나 만지는 걸 싫어했다. 막내는 그런 밤비가 섭섭하고 낯설었다. 그러나 나중에는 뒤뚱거리는 걸음으로 엄마 뒤를 따라다니는 모습을 보는 것만으로도 즐거웠다.

엄마가 아침 일찍 일어나 일하러 마당에 나오면 어디선가 밤비가 나와 엄마 곁을 서성댔다. 엄마는 "아구, 우리 이쁜 밤비, 잘 잤구나. 배고프지? 자, 엄마가 밥 줄께잉." 하며 밤비에게 말을 걸었다. "밤비야." 하는 엄마 목소리만 들려도 밤비는 금방 뛰어나왔다. 그런 밤비가 누군가 막내네 집 마당으로 던진 쥐약 섞인 음식을 먹고 죽은 것이다.

엄마는 누가 그랬는지 모르겠다며 아주 나쁜 사람의

두 번째 집 이야기

짓이라고 했다. 영리한 복실이는 쥐약 냄새를 맡고 먹지 않았다. 복실이가 쥐약을 안 먹은 게 그나마 얼마나 다행인지 모른다.

밤비가 죽자 막내는 전에 살던 집에서 키우던 엄마 염소가 생각났다.

어느 추운 날, 엄마 염소가 새끼를 낳았는데 젖이 잘 나오지 않았다. 그래서 새끼 염소를 다다미방 난로 옆으로 데려와 언니오빠들이 우유를 타서 먹이곤 했다. 다행히 새끼 염소는 무럭무럭 자랐다. 엄마 염소는 새끼 염소를 낳고 뭐가 잘못되었는지 시름시름 아프기 시작했다. 어느 날 쓰러져 있던 엄마 염소를 발견한 언니오빠들이 염소를 안고 급히 가축병원으로 달려갔다. 의사 선생님이 극진하게 치료한 보람도 없이 엄마 염소는 결국 병원에서 죽었다. 언니오빠들이 엉엉 울며 엄마 염소를 안고 집으로 들어오자 집에 있던 막내도 슬피 울었다.

집에서 같이 놀던 동물들이 죽을 때마다 막내는 마음이 아팠다. 얼핏얼핏 엄마 아버지도, 언니오빠들도 이렇게 죽으면 어떡하지, 하는 생각이 들었다. 그럴 때면 슬퍼서 아무것도 할 수 없었다. 오늘도 그랬다. 밤비의 까만 눈과 반질거리던 예쁜 코와 뒤뚱거리며 걷던 모습

이 생각나 자꾸 눈물이 흘러내렸다. "밤비야." 하고 부르면 금방이라도 엄마 치마폭 뒤로 올 것만 같았다.

그렇게 한참을 울다 보면 이상하게도 엄마 아버지와 언니오빠들이 다정하게 대해준 일들이 하나씩 떠올랐다. 막내는 울면서도 '엄마 아버지 말 더 잘 들어야지. 언니오빠들 심부름도 더 잘해야지.' 하고 생각한다. 모두 함께 오래오래 같이 살고 싶은 마음에 막내는 밤비가 더욱 보고 싶다.

복실이가 그만 울라며 막내의 손을 자꾸 핥는다. 막내 몸에 기댄 복실이의 털이 오늘따라 따스하다.

혼자여도
안 심심해

"동무 동무 씨동무 보리가 나도록 씨동무, 동무 동무
씨동무 미나리꽝에 앉았다!"

막내는 우물 앞 미나리꽝에 맨발로 들어가 노래를 부
르며 신나게 논다. 서서 노래를 부르다 "미나리꽝에 앉
았다!"에서는 미나리꽝에 철퍼덕 주저앉았다. 다시 서
서 두 발을 구르며 노래를 부르다가 미나리꽝에 주저앉
기를 지치지도 않고 계속했다. 온몸과 얼굴에 흙탕물이
튀지만 그래서 더 재미있다. 그렇게 놀다 보면 가끔 바
닥에서 미꾸라지가 기어 나왔다. 어쩌다 발가락에 밟히

두 번째 집 이야기

면 그렇게 간지러울 수가 없다.

막내는 친구가 없어도 이렇게 잘 논다. 어쩌다 밝오빠와 다리를 마주 걸고 앉아 엄마가 가르쳐준 대로 "이거리 저거리 각거리 천사만사 다만사 조리김치 장독간 까마귀 까치 노루야 솥이야 방귀야 뚱땡!" 하며 땡에 맞는 다리를 오므리는 놀이를 할 때도 있지만, 밝오빠는 금방 싫증내고 오래 놀아주지 않는다. 저녁에 언니오빠들이 다 모이면 실뜨기 놀이도 해보지만 뭐든 서툰 막내와는 오래 상대해주지 않는다.

미나리깡에서 실컷 놀고 난 막내는 우물에서 몸을 깨끗이 씻고 옷도 갈아입었다. 이번에는 엄마가 간짓대를 세우고 빨랫줄에 널어놓은 이불 속으로 들어가 숨는다. "나 찾아봐라." 하면서 혼자서 이불 속으로 들어갔다가 "여기!" 하고 혼잣말을 하며 숨바꼭질을 한다. 엄마는 마당이 넓은 이 집으로 이사 온 후 빨랫줄을 길게 만들었다. 볕이 좋을 때면 식구들 이불과 요를 말렸다. 그런 날이면 막내는 널어놓은 이불 속으로 들어가 놀았다. 햇볕 냄새가 나는 이불 속은 따스하고 적당히 어두웠다. 막내는 엄마가 다리미질할 때 이불 홑청을 잡아주던 게 생각나 뿌듯했다.

엄마는 다리미질이 집안일 중에서 제일 힘들다고 했다. 여름날 저녁이면 엄마는 거의 매일 모시나 삼베로 된 아버지 옷과 엄마 한복, 면으로 된 언니오빠들 교복을 비롯해 많은 옷을 다린다. 숯을 넣은 무거운 쇠 다리미가 적당히 달궈지면 물에 살짝 넣어 치익, 식힌 후 광목천 위에 슥 문지른 다음 다리곤 한다. 엄마는 다리미질을 하다가 가끔 입에 물을 가득 머금고 푸, 하면서 다리미질할 옷에 내뿜었다. 정말 신기할 정도로 엄마는 입으로 물을 잘도 뿜었다.

그나마 옷들은 다리미질이 쉬운 편이다. 이불 홑청을 뜯어 빨고 다시 꿰매 끼우기까지 엄마 손이 참으로 많이 간다. 광목으로 된 이불 홑청은 깨끗이 빤 후 다시 빨랫비누로 척척 문질러 화덕에 불을 때고 큰 솥에 삶는다. 삶은 홑청을 꺼내 우물가 돌판 위에 올려놓고 빨

랫방망이로 탕탕 때려 나머지 더러운 물을 쏙 빼내야
한다. 깨끗한 물에 여러 번 헹궈 풀을 먹인 후 빨랫줄에
널었다가, 바짝 마르기 전 풀기가 촉촉이 남았을 때 걷
어서 네 귀를 잘 맞추어 갠다.

이번에는 다듬잇돌 위에 올려놓고 다듬이질을 한다.
그러면 쭈글쭈글하던 주름이 많이 펴진다. 그걸 쫙 펴
서 두 사람이 양쪽 귀퉁이를 잡고 있으면 엄마는 달궈
진 다리미로 슥슥 다리미질을 한다. 그래서 홑청을 다
릴 때는 꼭 두 사람이 양쪽에서 이불 홑청 귀를 잡고 팽
팽히 당겨야 한다. 그래야 엄마가 다리미질을 잘할 수 있
다. 손에 힘이 없어 툭 놓치면 절대 안 된다.

홑청 귀를 잡아주는 건 주로 언니오빠들이 하지만 막
내도 하고 싶어 힘을 쓰며 함께 잡아당기곤 했다. 다리
미질할 때면 풀 먹인 홑청이라 눌은 냄새가 고소하게 났
다. 엄마가 밥을 면주머니에 넣고 물을 넣어가며 손으로
반죽하듯 주무르면 면주머니 짜임 사이로 뽀얀 물이 나
왔다. 풀기가 적으면 또 물을 붓고 주물러 뽀얗고 되디
된 풀을 만들어냈다.

다리미질까지 끝나면 엄마는 굵은 바늘에 굵은 실을
꿰어 풀 먹인 깨끗한 홑청을 이불에 꿰맨다. 하얀 홑청

을 먼저 방에 활짝 펼치고 그 위에 이불을 간격 맞춰 올린 후 꿰매기 시작하면, 막내는 이불 한가운데에 누워 뒹굴었다. 누워서 홑청을 꿰매고 있는 엄마 얼굴을 보고 있노라면 마음이 편안해지면서 절로 웃음이 배어 나왔다. 엄마는 "이불 위에서 그러지 마라, 막내야잉. 에헤, 이리 나와, 나와." 하면서도 슬슬 잘도 꿰맸다. 홑청을 갈아 끼운 이불을 덮고 자는 날이면 서걱거리는 이불에서 나는 풀 먹인 냄새가 좋아 막내는 숨을 크게 들이마셨다.

하루 종일 홑청을 빨고 갈아 끼우는 일을 마치고 자는 날, 엄마는 온몸이 쑤시고 어깨가 결려 끙끙 앓는다. 엄마 품에서 잠을 자던 막내는 엄마의 앓는 소리에 문득 잠이 깨어 엄마 뺨을 가만히 만져본다.

성전중학교
관사

막내 여섯 살에서
일곱 살

세 번째 집
이야기

창고

화장실

목욕탕

부

방

따돌림당해도
괜찮아

"아이고, 이 많은 자식들과 갑자기 어디로 가라고 이
리 급하게 발령이 났다요?"

이사 온 지 일 년도 안 되어 아버지는 갑자기 차도 잘
다니지 않는 '성전'이라는 시골 학교로 발령이 났다. 막
내는 왜 아버지가 갑자기 시골 학교로 가게 됐느냐고 엄
마에게 물었다. 엄마는 막내가 알아듣기 어려운 말을 했
다. 군인들이 정권을 잡고 있어서 도지사도 군인 장성
출신이 하고 있고, 일류 학교 교장도 도지사나 높은 사
람들에게 수시로 뇌물을 갖다 바쳐야 하는데 아버지는

절대 그런 짓을 하지 않아서라고 했다.

엄마는 부랴부랴 온 식구가 함께 묵을 셋집을 구했다. 다행히 엄마 아는 사람을 통해 장동에 적당한 집을 구할 수 있었다. 학교 다니는 언니오빠들은 광주 장동 셋집에서 학교를 다니기 시작했다. 대문은 골목으로 나 있고 차가 다니는 큰길 쪽으로는 자그마한 쪽문이 있는, 방이 많은 집이었다.

학교를 안 다니는 여섯 살 막내는 아버지가 발령받은 시골 학교 관사를 엄마와 함께 오가며 지냈다. 성전까지 가려면 버스를 타고 먼지 풀풀 날리는 흙길을 네 시간 이상 가야 했다. 성전 가는 버스는 하루에 한 번밖에 없었다. 중간에 승객들 변소에 다녀오라고 잠깐 쉬는데 그때 차에 혼자 남겨두고 오랫동안 엄마가 오지 않아 막내는 겁을 먹고 운 적도 있다. 유난히 멀미가 심하고 몸이 약한 엄마는 공중변소에 가서 토하곤 했다. 언니들이 먹을 반찬과 떡을 해 서울까지 밤차로 왔다 갔다 했던 엄마는 큰언니가 대학을 졸업할 때쯤 되자 이번엔 아버지를 위해 또 무거운 보따리를 싸 들고 시골 가는 버스를 탔다.

가는 데 시간이 한참 걸리곤 했던 시골집이지만 막내는 친구도 없는 장동 셋집보다는 비록 작지만 친구들이 있는 시골집이 좋았다. 물론 막내가 시골에 가자마자 친구를 사귄 건 아니었다.

시골 학교 옆 산밑에 있는 다른 집들은 다 초가집인데 막내가 사는 교장 사택만 기와집이었다. 담이 없는 집들의 마당은 서로 길게 이어져 있어서 아이들은 마당을 서로 오가며 놀았다. 어떤 아이는 동생을 업고 놀기도 하고, 어떤 아이는 지게를 지고 산에 나무하러 가기 전에 잠깐 놀기도 했다. 어떤 아이는 커다란 소를 끌고 가다가 참견하기도 했다. 그동안 혼자서만 놀던 막내는 함께 노는 아이들이 무척 부러웠다.

막내는 구석에 앉아 아이들이 노는 걸 물끄러미 바라보았다. 몇 달이 지나도록 아이들은 막내를 끼워주지 않았다. 말을 섞지도 않았다. 아이들은 막내가 사는 집만 기와집이고, 광주에서 와서 표준말을 쓴다고 멀리했다. 하지만 막내는 아이들이 노는 걸 보는 것만으로도 즐거웠다.

어느 날 아이들 모두 대나무 갈퀴를 들고 나설 채비를 하고 있었다. 산에 나무하러 가는 것 같았다. 누구는

지게를 지고 누구는 망태를 멨다. 막내도 아이들 뒤를 졸졸 따라갔다. 아이들은 뒷산을 한참 올라가다가 지게와 망태를 벗어놓고, 수북이 쌓인 소나무 마른 잎을 갈퀴로 긁어모으기 시작했다. 마른 솔잎은 아궁이에 불을 땔 때 불쏘시개로 꼭 필요했다. 아이들이 긁어모은 솔잎들은 벗어놓은 지게와 망태를 금세 채웠다.

아이들은 지게와 망태를 메고 깊은 숲을 빠져나와 산길로 접어들었다. 여기저기 무덤이 있고 넓게 둔덕진 곳이 나왔다. 아이들은 메거나 들고 있던 걸 다 내려놓았다. 그러고선 흩어져서 뭔가를 슥슥 뽑아가며 따기 시작했다. 삐비(띠의 어린 꽃이삭. '삘기')라고 했다. 삐비의 연둣빛 껍질을 벗기면 하얀 솜털 같은 속살이 나오는데 아이들은 그걸 뽑아 먹었다.

막내도 따서 먹어 보았다. 연한 풀 향이 입안 가득 고이면서 쌉싸름하면서도 오돌오돌 부드러운 맛이 났다. 어떤 것은 속살이 활짝 피어 솜털 같은 꽃이 날렸는데 아이들은 이미 쇠어버린 건 맛없다며 따지 않았다. 아이들은 속이 도도록해 보이는 삐비만 잘도 골라 쑥쑥 뽑아 주먹 한가득 모았다. 삐비 따는 게 서툰 막내는 열심히 삐비를 찾아보지만 어쩌다 하나씩 보일 뿐이었다.

세 번째 집 이야기

한참 동안 정신없이 삐비를 따다 고개를 들어 보니 주변에 아이들이 한 명도 보이지 않았다. 다급해진 막내는 한 번도 불러본 적 없는 옆집 개순이 이름을 크게 불렀다. 대답이 없다. 막내는 혼자만 남겨진 걸 알고 겁이 더럭 났다. 아이들은 막내만 산에 남겨두고 잰걸음으로 산을 내려가버렸다. 막내 눈에는 온통 무덤들만 보였다. 산 위에서 호랑이가 금방이라도 뛰쳐나올 것만 같았다. 적막한 산에서는 막내의 가슴이 쿵쾅거리는 소리만 들렸다. 어찌나 무서운지 눈물도 나오지 않았다.

　어느새 산 그림자가 져 사방이 어둑해지고 있었다. 막내는 손에 모아 들고 있던 삐비도 다 내동댕이친 채 두 팔을 흔들며 산 아래로 달음질쳤다. 그래도 아이들은 보이지 않았다. 한참을 그렇게 달려 내려가자 저 멀리 마을길을 걸어가고 있는 아이들이 보였다.

　아이들 모습이 보이자 막내는 뛰는 걸 멈췄다. 배를 쑥 내밀고 아랫배에 힘을 주면서 천천히 산비탈을 내려갔다. 숨을 고르며 고개를 돌리자 봄날 저물어가는 붉은 해와 눈이 딱 마주쳤다. 산 아래 초가집 굴뚝 여기저기서 저녁밥 짓는 연기가 피어오르고 있었다.

산과 들이
놀이터

"달님아! 어서 일어나라. 산에 가자."

아침 일찍부터 아버지는 막내를 깨운다.

아버지가 막내를 달님이라고 부르는 이유는 막내가 태어났을 때 집에 찾아온 학교 선생님들이 아가 얼굴이 둥근 달님처럼 복스럽다고 했기 때문이다. 그 후에도 선생님들은 아버지를 만나면 "우리 달님이, 잘 크지요?" 하고 인사했다. 언니오빠들은 "선생님들이 너보고 달님이라고 하는 건 네가 예뻐서가 아니야. 얼굴이 넙데데해서 그래."라며 놀렸다.

언니오빠들은 막내의 코가 납작하고 콧구멍이 하늘로 향해 있어서 비가 오면 코로 다 들어가겠다며 막내를 "들창코!"라고 부르기도 했다. 아버지와 엄마를 닮아 코가 큰 언니오빠들과는 달리 코가 납작하고 작은 막내가 걱정이 된 아버지는 언니오빠들에게 하루에 한 번씩 꼭 막내의 코를 잡아당기라고 신신당부했다. 언니오빠가 여섯이니까 하루에 한 번씩만 잡아당겨도 여섯 번인데 언니오빠들은 오며 가며 막내 코를 죽죽 잡아당겼다. 이런 언니오빠들이 '얼굴 넙데데'라고 놀려도 막내는 달님이라 불러주는 아버지가 있어서 아무렇지도 않았다.

아버지는 시골 학교에 온 후로 아침 일찍 막내와 해피를 데리고 집 바로 뒤에 있는 야트막한 산으로 산책을 갔다. 막내가 지금보다 더 어렸을 적에도 아버지는 무등산을 갈 때면 막내를 데리고 갔다. 그 덕분에 막내는 아침마다 산에 가는 게 하나도 힘들지 않다.

아침 햇살이 나무 사이로 비치더니 숲 바닥까지 내려왔다. 바닥에 떨어진 햇살을 밟으며 숲길을 걸으면 나뭇잎들이 여기저기 떨어져 있다.

막내는 모양이 다른 나뭇잎이나 작년에 떨어진 마른 열매를 찾아가면서 줍는 게 재미있다. 어느새 막내 손은 예쁜 잎과 열매로 가득 찼다. 어떤 날은 양옆으로 톱날 같은 입을 쫙 벌리고 두 발로 서 있는 사슴벌레도 만났다. 첨엔 무서워 깜짝 놀랐지만 마치 같이 놀자고 손을 내미는 듯한 모습이 신기하기만 했다.

"그래, 사슴벌레야. 너도 나랑 놀고 싶구나. 고마워."

막내는 멈춰 서서 한참을 보다가 다시 해피 뒤를 따라 헉헉거리며 산을 오른다. "해피야, 천천히 가." 하고 말을 해도 해피는 말을 듣지 않는다. 하얀 털 위에 까만 점이 얼룩져 있는 해피는 허리가 잘록하고 몸이 날렵한 사냥개다. 새나 다른 동물이 숨어 있는 장소를 잘도 알아내 온 산을 헤집으며 뛰어다닌다.

올라갈 때는 해피랑 함께 올라가지만 산을 내려올 때는 아버지와 막내 둘이서만 올 때가 많다. 집에 와 보면 먼저 도착한 해피가 꿩이랑 산비둘기 같은 걸 잡아서 마당에 두고 꼬리를 흔들며 아버지 칭찬을 기다리고 있다. 아버지는 "옳아 옳아, 이러지 말래도 그러는구나. 다른 동물을 잡아 죽이는 일은 하지 말거라, 응? 함께 노는 건 괜찮다마는." 하며 해피 머리를 쓰다듬어준다.

그사이 엄마는 아침상을 준비한다. 구수한 된장국 냄새를 맡으니 갑자기 배에서 꼬르륵 소리가 난다. 아버지

세 번째 집 이야기

가 창고에 딸린 자그마한 목욕탕에서 냉수마찰을 하는 동안 막내는 우물에서 세수를 한다. 산바람을 쐬며 마루에서 엄마랑 아버지랑 먹는 아침밥은 꿀맛이다. 언니오빠들과 함께 먹을 때는 맛있는 반찬이 금방 없어졌지만 이제 그럴 염려도 없다.

아침밥을 먹은 막내는 그새 친해진 옆집 개숙이네 집으로 가서 개숙이를 부른다. 개숙이는 동생도 봐야 하고 소꼴도 베어야 하고 할 일이 많다. 막내는 개숙이를 졸졸 따라다니며 개숙이가 함께 놀아줄 때만 기다린다. 드디어 할 일을 마친 개숙이는 동네 아이들과 함께 앞 개울로 간다. 막내도 따라간다. 벌써 개울에서 놀고 있는 아이들도 있다. 여름이 되려면 아직 멀었는데도 모두 옷을 벗고 깨복쟁이가 되어 개울에 뛰어들었다.

아이들은 두 손으로 송사리나 가재를 잡기도 하고 어떤 때는 미꾸라지를 잡기도 했다. 막내는 잽싸게 움직이는 송사리나 미꾸라지를 한 번도 잡지 못했다. 대신 커다란 돌을 들어 올리면 까맣고 제법 큰 고기가 꿈적도 하지 않고 있는데 그 고기는 손길이 느린 막내가 잡아도 가만히 있었다. 그래서 아이들은 '죽은 고기'라 불렀

다. 물고기는 잡았다가 놓아주기도 하고 병이나 세숫대야에 담아 집에 가져가기도 했다.

개울에서 노는 게 지루해지면 아이들은 물 찬 논으로 갔다. 물 찬 논에는 산 그림자가 비쳤다. 왜 산은 저만치 멀리 있는데 산 그림자는 논까지 왔을까, 막내는 신기하기만 하다. 논에서 술래잡기를 하면 미끄덩하고 엉덩방아를 찧곤 했다. 그래도 논에서 하는 술래잡기는 재미있다. 허벅지까지 거머리가 들러붙어 피를 빨아먹는 줄도 모르고 놀았다. 가끔 아이들이 돌을 던져서 보면 물뱀이 도망가고 있었다. 물뱀은 도망가면서도 고개를 돌려 아이들을 향해 길고 까만 혀를 날름거렸다. 아이들은 뱀이 혀를 날름거리는 걸 보면 꿈에 나타나거나 요에 오줌을 싸게 된다며 기분 나빠했다. 정말 그런 날이면 꿈에 뱀이 나타나고 막내는 요에 그림을 그렸다.

엄마는 막내가 오줌 싼 자그마한 요를 지르잡아 빤 후 빨랫줄에 널었다. 개숙이네 집 빨랫줄에는 좀체 개숙이 요가 걸리지 않았다. 막내가 오줌 싼 날이면 아침 해는 유난히 빨갛다. 막내는 개숙이와 동네 아이들과 함께 오늘도 개울로 논으로 들로 산으로 놀러 다닐 생각에 콧노래가 절로 나온다.

막내의
노래

"와, 큰언니! 눈이 와, 눈이. 펑펑 눈이 와."

아침에 일어난 막내가 방문을 여니 얇은 수제비 같은 눈이 하늘에서 펄펄 내리고 있다.

"와! 정말 엄청 오네. 우리 아침 먹고 학교 운동장에 가볼까?"

큰언니가 겨울방학을 맞아 시골집에 왔다. 아버지는 방학 때도 학교에 나갈 때가 많았다. 엄마는 아버지와 막내가 있는 시골집을 큰언니에게 맡기고 언니오빠들 챙기러 광주 장동 집에 갔다. 큰언니는 부엌으로 가서

세 번째 집 이야기

아궁이에 불을 지피고 하얀 쌀에 미리 삶아둔 보리를 넣고 밥을 지었다. 막내도 아궁이 앞에 앉아 불을 쬐면서 밥 짓는 큰언니와 함께 노래를 부른다.

"산머리 걸린 달도 추워서 파란 밤. 나뭇잎 오들오들 떨면서 어디 가나. 아기가 자는 방이 차지나 않느냐고. 밤중에 돌아다니며 창문을 두드리네."(모짜르트의 곡 〈봄을 기다리며〉에 우리말 노래 가사)

큰언니는 막내가 세 살 때 대학 다니러 서울로 가버렸지만 막내는 큰언니가 참 좋다. 의대를 다니는 작은언니는 방학 때도 잘 내려오지 않았고, 집에 와도 도서관을 다니며 공부만 했다. 그런 작은언니와 달리 큰언니는 시간만 나면 막내에게 재미있는 이야기를 들려주고 춤을 추며 노래도 가르쳐주었다. 큰언니는 노래뿐만 아니라 피아노도 잘 치고 플루트도 잘 불고 무용도 잘했다.

막내는 큰언니가 가르쳐준 노래를 곧잘 따라 했다. 유난히 겁이 많은 막내는 혼자 있다가 무서울 때면 큰언니에게 배운 노래를 불렀다.

"가지에 앉은 너 아기 참새. 무섭지도 않니. 아니다 아가야 무섭잖다. 울 엄마 날 돌보신다."

가지에 앉은 너 아기참새 무섭지도-않니

아니다 아가야 무섭잖다 울 엄마 날돌보신 다

이렇게 노래를 부르다 보면 무서움이 사라졌다. 큰언니는 그때그때 가사를 바꾸어 노래를 불러줬다. "마루에 앉은 너 아기 막내(부엌에 서 있는 너 아기 막내, 화장실에 있는 너 아기 막내, 소꿉놀이 하는 너 아기 막내) 무섭지도 않니." 하면 막내는 "아니다 언니야 무섭잖다. 울 엄마 날 돌보신다." 하면서 노래를 주고받곤 했다.

저녁밥을 먹고 나면 큰언니와 꼭 부르는 노래가 있다.

"서산 너머 해님이 숨바꼭질 할 때면, 수풀 속에 새집에는 촛불 하나 켜 있죠. 아니 아니 아니죠. 그건 촛불 아니죠. 저녁 먹고 놀러 나온 아기 별님이지요."

큰언니와 함께 손동작까지 하며 몇 번을 부르다 보면 불룩했던 배가 금방 꺼졌다.

"와, 운동장에 발자국 하나 없구나. 막내야, 뒤를 봐. 우리 둘 발자국뿐이야."

아침 설거지를 마치고 막내를 데리고 학교에 온 큰언

세 번째 집 이야기

니가 하얀 눈밭이 된 운동장을 걸으며 말했다.

"막내야. 이렇게 눈밭을 걸으면 생각나는 노래가 있어. 가르쳐줄게, 따라 불러봐? 하얀 눈 위에 구두 발자국, 바둑이와 같이 간 구두 발자국."

엄마가 대바늘로 짜준 빨간 털목도리를 한 막내가 무지개색 털장갑을 낀 손으로 손뼉을 치며 따라 부른다.

"하얀 눈 위에 구두 발자국, 바둑이와 같이 간 구두 발자국."

"누가 누가 새벽길 떠나갔나. 외로운 산길에 구두 발자국."

"누가 누가 새벽길 떠나갔나. 외로운 산길에 구두 발자국. 근데 큰언니, 이 노래는 왜 슬퍼?"

막내는 노래를 따라 부르다 말고 큰언니에게 묻는다.

"응. 언니도 잘 모르긴 하지만 가사를 쓰신 분은 아마 일본에 우리나라를 빼앗겼을 때, 나라를 되찾으려고 독립운동하던 어떤 청년이 밤에 몰래 집에 왔다가 새벽 일찍 다시 길을 떠난 모습을 보며 이렇게 쓴 게 아닌가 싶어. 일본 놈들에게 들킬까 봐 캄캄한 밤에 아무도 몰래 집에 왔다가 해님도 나오기 전인 어둑어둑한 새벽에 집을 나서는 청년 뒤를 바둑이만 따라간 거겠지?"

막내는 큰언니가 하는 말을 다 알아들을 수는 없었지만 노래가 구슬프게 느껴졌다.

"막내야, 2절도 부르자. 바둑이 발자국 소복소복 도련님 따라서 새벽길 갔나. 길손 드문 산길에 구두 발자국. 겨울 해 다 가도록 혼자 남았네."

막내는 노래를 부르며 눈을 가늘게 뜨고 하늘을 올려다본다. 눈송이가 끝없이 쏟아진다. 쏟아지는 눈이 얼굴에 금세 쌓인다. 입으로도 눈송이가 들어간다. 2절까지 따라 부르다 보니 노래는 아까보다 더 슬펐다. 막내는 슬퍼지는 게 싫어서 큰언니 손을 힘차게 흔들었다. 엊그제 엄마가 장에서 사다 준 털신으로 눈을 툭툭 차가며 씩씩하게 불렀다.

집에 가면서 뒤돌아보니 운동장에 큰언니 발자국과 막내 발자국이 동그라미를 그리며 나란히 찍혀 있었다. 어느새 따라온 해피 발자국은 꽃잎이 다섯 장 달린 꽃처럼 예쁘게 찍혀 있었다.

서산으로 해가 뚜벅뚜벅 걸어 들어가는 석양녘, 큰언니는 막내랑 마루에 걸터앉아 또 노래를 부른다.

"해는 져서 어두운데 찾아오는 사람 없어. 밝은 달만 쳐다보니 외롭기 한이 없다. 내 동무 어디 두고 이 홀로 앉아서. 이 일 저 일을 생각하니 눈물만 흐른다."

"우와, 우리 막내는 이렇게 어려운 노래도 잘 따라 부르네?"

큰언니는 막내 엉덩이를 토닥이며 활짝 웃는다. 이 노래도 슬펐다. 하지만 막내는 이 노래를 부르고 있으면 누군가 마음을 어루만져주는 것만 같아 계속 부르고 싶어졌다.

큰언니는 졸업을 앞두고 서울로 올라가고, 막내는 다시 혼자 노는 시간이 많아졌다. 막내는 마루에 걸터앉아 해가 완전히 모습을 감추고 분홍 노을빛만 남은 하늘을 바라보며 노래를 부른다.

"해는 져서 어두운데 찾아오는 사람 없어……."

"쟈가 또 저 노래를 부르네잉. 아이고, 청승맞아라."

부엌에서 밥 짓던 엄마는 빙그레 미소를 띠며 부엌 문틈으로 막내를 바라본다.

　세 번째 집 이야기

장동 한옥
셋집

막내 여섯 살에서
일곱 살

네 번째 집
이야기

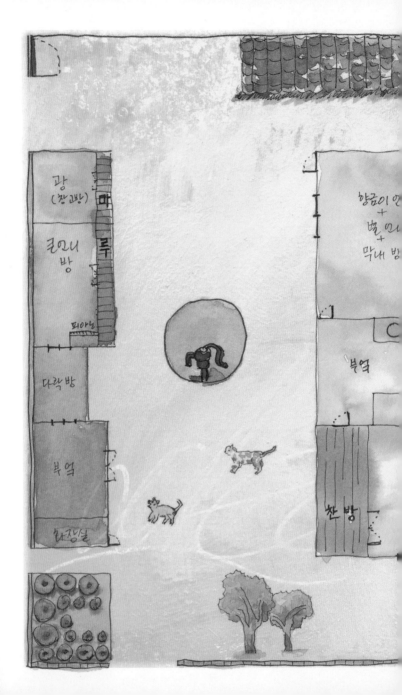

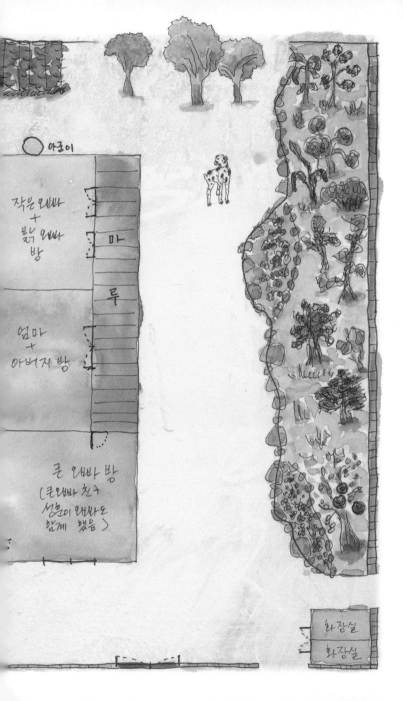

둥근 밥상이
좋아

막내가 언니오빠들과 함께 둥근 밥상에 둘러앉아 저녁밥을 먹기 시작할 때였다. 학교를 졸업하고 살레지오여고 음악 선생님이 된 큰언니가 말했다.

"오늘 우리 학교 수녀님 기도가 얼마나 우습던지 기도 중에 학생들은 물론이고 선생님들까지 다 킥킥거리며 웃었지 뭐야."

"뭔데 뭔데? 뭐라고 했길래 그렇게 기도 중에 웃었어, 응?"

별언니가 궁금해 죽겠다는 듯 묻는다.

"하나님! 어제 저희들이 학교에서 키운 남자를 쪄서 아주 맛있게 먹을 수 있게 해주셔서 감자합니다. 이렇게 기도하셨다니까."

큰언니는 또 웃음을 참지 못하고 밥 먹다 말고 배꼽을 잡고 웃는다. 언니오빠들도 뭐가 그리 우스운지 천장이 날아갈 듯 큰 소리로 웃는다. 막내는 그렇게 웃는 언니오빠들이 우스워 함께 웃는다.

"아이고, 배야. 남자를 쪄서 먹었다고? 그리고 감자합니다?"

고등학생 큰오빠도 웃느라 잠시 숟가락질을 멈춘다.

"외국인들에게는 남자, 감자, 감사가 다 헷갈리는 단어거든. 얼마나 어렵겠냐."

큰언니가 갑자기 정색을 하며 수녀님을 두둔한다.

그때였다. 언니오빠들이 웃는 틈에 중학생 작은오빠는 얼른 김치찌개에 하나 남은 돼지고기를 건져 먹는다.

"햐, 빠르네. 고기가 몇 점이나 된다고 마지막 걸 네가 먹냐?"

큰오빠가 큰 숟가락으로 냄비 바닥을 훑으며 말한다.

"큰오빠 숟가락은 왜 그렇게 국자처럼 커? 한번 들어갔다 나오면 김치찌개가 확 없어지네?"

네 번째 집 이야기

막내가 볼멘소리를 한다.

"음, 막내야. 숟가락은 참 공평하단다. 너는 작으니까 숟가락도 작고 오빠는 이렇게 덩치가 크니까 숟가락도 크고. 근데 그렇게 고기가 먹고 싶으면 갈비 줄까? 자, 여기!" 하며 큰오빠는 웃옷 속으로 손을 집어넣었다가 갈비뼈를 빼서 주는 시늉을 한다.

막내가 큰오빠에게 눈을 흘길 때 "어, 막내야. 저기 천장에서 쥐 나왔어, 쥐!" 하고 작은오빠가 손가락으로 천장 구석을 가리키며 큰 소리로 말한다. 막내는 너무 놀라 밥상머리에서 벌떡 일어나 발을 동동거리며 "어디, 어디. 쥐가 어디 있어?" 하고 두리번거렸다.

"미안. 쥐는 없지롱."

작은오빠는 막내가 아껴가며 먹고 있던 김을 싹 집어 들고 이미 밥을 한가득 싸서 입으로 가져가고 있다. 막내는 한두 번도 아니고 매번 밥 먹을 때마다 엄마에게 한 장씩 받은 김을 작은오빠에게 뺏기는 게 억울해 울먹인다.

"막내야, 생각해봐. 너는 아주 조그맣지 않냐. 오빠는 이렇게 키도 크고 몸집도 크고. 근데 엄마는 너도 한 장, 나도 한 장, 이렇게 나눠주는 게 말이 되냐?"

"그걸 왜 나한테 이야기하냐고. 엄마한테 말하라고."

막내는 급기야 큰 소리로 울고 만다.

옆방에서 엄마가 따로 차린 밥상에서 식사하던 아버지는 늘상 소란스러운 막내와 언니오빠들 밥상이 신경쓰인다.

"아니, 아이들도 먹을 걸 좀 넉넉히 챙겨주지 당신은 뭘 하오?" 하며 엄마에게 한소리 한다.

"아이고, 모르는 소리 마세요. 얼마나 입들이 무서운지 한정 없어요. 그걸 다 어떻게 감당해요. 그러다간 며칠 못 가 한 달 식비 다 거덜 나요."

엄마 말이 끝나자 아버지는 이쪽 방을 향해 "달님아." 하고 부른다. 막내는 울음을 그치고 아버지 방으로 갔다.

아버지는 막내가 입은 하늘색 원피스를 보더니 "우리 딸이 하늘 한 조각을 걸치고 왔구나." 하며 다정하게 말을 건다. "엄마가 만들어준 거예요." 하고 대답하는 막내에게 "내일부터는 이 상에 와서 먹거라." 한다.

매운 걸 잘 못 먹는 아버지의 네모난 밥상에는 김치찌개 대신 달걀찜과 굴비와 참기름 발라 각지게 자른 김이 있었다. 엄마와 아버지는 그 반찬을 다 먹지 않고 늘 남기곤 했다. 아버지 밥상의 남은 반찬은 막내와 언니오빠들이 밥을 거의 다 먹어갈 즈음 엄마가 가져다주었다. 오빠들은 그 반찬에 밥 한 그릇씩을 또 먹었다.

막내는 다음 날부터 아버지와 함께 밥을 먹었다. 옆방에서는 언니오빠들이 웃고 떠들며 밥 먹는 소리가 요란하다.

막내는 며칠간은 아버지 상에서 밥을 먹었지만, 어느새 다시 수저를 들고 언니오빠들이 먹는 둥근 밥상으로 갔다. 작은오빠는 갈수록 새로운 방법으로 막내를 놀라게 해서 막내의 김을 뺏어 먹었다. 김을 뺏겨도 이제 막내는 울지 않는다. "에이, 또 속았네." 하며 태연히 밥을 먹는다.

큰언니
종아리

"비가 오면 참 쓸쓸해. 비 오는 소리는 꼭 비가 울면서
내는 소리 같아."

뒤채로 난 창가에 턱을 괴고 서서, 빗줄기를 바라보던
여섯 살 막내가 말했다. 아버지가 다니는 시골 학교가
여름방학에 들어가자 막내는 얼마 전 아버지와 함께 광
주 장동 집으로 왔다.

"어린것이 뭐 쓸쓸한 걸 안다고 저러고 있대?"

방문을 열어둔 채 막내를 바라보고 있던 큰언니가 한
마디 한다.

네 번째 집 이야기

"청승맞게 그러지 말고 막내야, 이리 와. 언니가 피아노 가르쳐줄게."

엄마는 음악 선생님이 된 큰언니에게만 뒤채에 있는 방 하나를 따로 주었다. 그 방에서 큰언니는 피아노도 치고 노래도 불렀다. 막내는 큰언니가 없을 때면 큰언니 방에서 피아노를 치며 놀았다.

큰언니 방에는 신기한 게 많았다. 학교 수녀님들이 준 선물 상자도 쌓여 있었다. 막내는 그 종이 상자들 속에 뭐가 들어 있는지 궁금해 하나하나 열어보고 싶을 때가 많았다. 가끔 큰언니가 뚜껑을 열고 보여준 상자 속에는 예쁜 머리핀과 리본이 종류별로 나란히 들어 있었다. 막내가 본 적도 없는 초콜릿과 사탕과 껌도 들어 있었다. 엄마가 껌 하나를 주면 막내는 씹다 버리기 아까워 비밀 장소에 붙여놓곤 했다. 그런데 큰언니는 그런 맛난 껌을 많이 가지고 있었다.

막내는 큰언니 방에서 혼자 피아노 치며 놀 때가 제일 재미있었다. 그걸 알고 있는 큰언니는 시간 날 때마다 막내에게 피아노를 가르쳐주었다. 처음에는 도미도미 솔도도도 레레레레 미미미미 도미도미 솔도도도 레레미레 도미도, 하고 계이름을 알려주었다. 막내가 계이

름을 외워가며 피아노를 잘 치게 되면 이번엔 가사를 붙여 노래를 불러가며 치게 했다.

"도미, 도미, 살진 도미, 구워 먹고 튀겨 먹고, 도미, 도미, 살진 도미, 볶아 먹고 지져 먹고."

이렇게 노래를 부르며 피아노를 치면 몇 번을 쳐도 싫증나지 않았다. 지져 먹고 볶아 먹는 상상을 하며 노래를 부르다 보면 막내는 예쁜 도미에게 조금 미안해졌다.

턱을 괴고 비 오는 걸 쓸쓸히 바라보던 막내가 피아노를 가르쳐준다는 큰언니 말에, 얼른 방문을 열고 뒤꼍으로 나갔다. 비를 피해 재빨리 큰언니 방 툇마루 위로 올라갔다. 처마에서 떨어진 빗물로 툇마루는 흥건히 젖어 있었다. 큰언니는 못 쓰게 된 수건으로 발닦개를 만들어 방문 앞에 놓아두었다. 막내는 이미 축축해진 발닦개에 발을 쓱쓱 문지르고 큰언니 방으로 들어갔다.

큰언니가 오늘은 새로운 곡을 가르쳐준다.

"자, 막내야. 우선 계이름을 입으로 한번 따라 해 봐. 도도 도레미 파미파솔라 도도도 솔솔솔 미미미 도도도 솔파미레도."

막내가 여러 번 따라 한 후 이번에는 계이름을 리듬

에 맞춰 피아노로 쳐본다. 왼손 반주까지 익숙해지자 큰
언니는 가사를 붙여 노래를 가르쳐준다.

"리리리 자로 끝나는 말은 개나리 보따리 꾀꼬리 목
소리 오리 한 마리."

한참을 따라 부르며 피아노를 치던 막내는 언젠가부
터 마지막 소절을 고쳐 부른다.

"리리리 자로 끝나는 말은 개나리 보따리 꾀꼬리 목
소리 큰언니 종아리."

노래를 부르다 보니 유난히 통통한 큰언니 종아리가
떠올랐던 것이다. 큰언니는 와하하 큰 소리로 웃었다.

언니오빠들이 모두 둥근 밥상에 둘러앉아 저녁밥을
먹을 때였다.

"오늘 막내가 리리리 자로 끝나는 말은 노래 맨 마지
막 가사를 어떻게 불렀는지 알아? 큰언니 종아리, 이렇
게 불렀단다."

큰언니 말에 언니오빠들은 맞장구치며 손뼉을 치고
웃었다.

그 후로 언니오빠들은 큰언니를 놀리고 싶을 때면 "리
리리 자로 끝나는 말은 개나리 보따리 꾀꼬리 목소리 큰

　　　　　　　　　　　네 번째 집 이야기

언니 종아리." 하며 노래를 불렀다.

노래를 한 번씩 부를 때마다 통통한 큰언니 종아리는
날로 날로 예뻐졌다.

막내 귀는
당나귀 귀

"동네방네 강방내! 학교 가자아."

큰길로 나 있는 쪽문 앞에서 밝오빠 친구들이 노래를 부르듯 오빠를 부른다. 대답이 없자 더 크게 부른다.

"동네방네 강방내! 학교 가자아."

"아, 또 내 이름 가지고 놀리네. 어휴, 씨."

아침밥을 먹던 초등학교 3학년 밝오빠는 밥도 채 다 먹지 못하고 허둥지둥 책가방을 챙겨 쪽문으로 나간다.

밝오빠는 놀림을 당하는 것도 아니라고 막내는 생각했다.

네 번째 집 이야기

막내는 추운 겨울이 다 가고 봄이 와도 한참 왔는데 엄마가 지난겨울에 사준 빨간 귀마개 모자를 벗지 않았다. 아이들이 자꾸만 "막내 귀는 당나귀 귀."라고 놀렸기 때문이다. 왜 내 귀는 다른 아이들보다 크고 못생긴 거지, 막내는 속이 상했다. 초등학교 5학년이 된 별언니는 그런 막내를 볼 때마다 덥고 답답하니까 귀마개 모자를 벗으라고 했지만 막내는 끝내 벗지 않았다. 심지어 별언니까지 "네 귀가 당나귀 귀여서 안 벗는 거야?" 하면서 놀렸다. 막내는 행여나 벗겨질세라 귀마개 모자의 빨간 끈을 턱밑으로 꽁꽁 묶었다. 그런 막내가 귀마개 모자를 벗게 된 것도 당나귀 귀라고 놀렸던 친구들 덕분이었다.

장동 집 대문은 골목에 접해 있었다. 골목길은 또 다른 골목길로 죽 이어졌다. 양옆으로 집들이 있고 집집마다 막내와 비슷한 또래의 아이들이 있었다. 골목은 동네 아이들의 놀이터였다. 막내는 장동 집에 이사 와서 얼마 되지 않았을 때 아이들과 쉽게 어울리지 못했다. 성전의 시골집에 처음 갔을 때처럼 골목에서 아이들이 노는 것만 물끄러미 바라보곤 했다.

막내는 아이들이 노래를 부르며 공놀이를 하거나 고

무줄놀이 하는 걸 유심히 지켜봤다가 집에 와서 혼자 연습했다.

"아가야 어서 자라서 배추밭의 애벌레를 잡아 죽여라."

이렇게 노래 부르며 혼자서 하던 공놀이와는 완전히 달랐다. 아이들은 훨씬 긴 노래를 불렀다.

"애들아 나오너라 달 따러 가자. 망태 메고 장대 들고 뒷동산으로. 뒷동산에 올라가 무등을 타고. 장대로 달을 따서 망태에 담자."

노래를 부르며 공놀이를 하다가 망태에 담자, 하고 노래를 마치면서 공을 가랑이 사이로 보내 엉덩이 뒤에서 잡았다. 치마를 입었을 때는 가랑이에 넣은 공이 치마 뒤로 들어갔다. 그 공을 떨어뜨리지 않고 잡아야 했다. 일단을 성공하고 나면 이단으로 넘어가고, 삼단 사단 오단을 거쳐 육단까지 먼저 간 사람이 이기는 거였다. 아이들이 하는 걸 볼 때는 마치 마술처럼 어려워 보였던 공놀이가 집에서 혼자 연습을 하자 따라 할 수 있게 되었다. 막내는 육단까지 한 번도 공을 떨어뜨리지 않고 할 수 있을 때까지 연습하고 또 연습했다. 엉덩이 뒤로 공을 받는 연습은 따로 여러 번 했다. 방에서 연습하다

네 번째 집 이야기

늦게 잘 때도 많았다.

공놀이를 잘할 수 있게 된 막내는 이번에는 고무줄놀이에 도전했다.

저기 가는 아줌마 날좀 보세요 우리 엄마 파마머리 예쁘지 않나요

"저기 가는 아줌마 날 좀 보세요. 우리 엄마 파마머리 예쁘지 않나요."라는 노래에 맞춰 했던 간단한 고무줄놀이와는 달랐다. 고무줄놀이 노래 역시 굉장히 길었다.

"전우의 시체를 넘고 넘어 앞으로 앞으로. 낙동강아 잘 있거라 우리는 전진한다. '워난이여 이에프지'(원한이야 피에 맺힌) 적군을 무찌르고서. 꽃잎처럼 사라져 간 전우야 잘 자라."

아이들은 뜻도 단어도 잘 모르는 노래를 부르며 고무줄놀이를 했다. 두 사람이 양쪽에서 고무줄을 잡아주면 한 사람이 고무줄을 두 발로 감기도 하고 돌기도 했다. 무릎 높이인 일단에서 시작해 허리, 어깨, 머리, 두 팔을 머리 위로 쭉 뻗은 높이인 오단까지 먼저 한 사람이 이기는 거였다. 사람 수가 많으면 편을 갈라서 했다. 발이

닿지 않는 높이로 갈수록 어려워지는데 이때 한 손으로 고무줄을 밑으로 잡아당겨 고무줄이 한 번 튕겨 올라갔다가 다시 밑으로 철렁, 하고 내려올 때 그쪽으로 허리를 휙 구부려 고무줄에 발을 거는 게 제일 어려웠다.

막내는 고무줄 한쪽은 집 마루 기둥에, 다른 한쪽은 뜰의 나무에 매어놓고 마당에서 연습하고 또 연습했다. 고무줄을 머리보다 높은 곳까지 올려 매어놓고 손으로 고무줄을 잡아당긴 후 철렁 내려왔을 때 재빨리 발을 거는 연습을 반복했다. 드디어 요령을 익혀 제일 높이 걸린 고무줄도 잘할 수 있게 되었다.

막내는 아이들이 놀고 있는 시간에 맞춰 골목으로 나갔다. 공놀이도, 고무줄놀이도 어려운 단계에만 접어들면 제대로 못 하는 아이들이 답답하기만 했다. 아이들에게 사정사정한 후 겨우 기회를 얻은 막내는 연습한 대로 실수 없이 해 보였다. 공놀이도, 고무줄놀이도 높은 단계까지 척척 해내는 막내를 본 동네 아이들은 와, 탄성을 지르며 바라보았다. 그 후로 편을 갈라서 할 때는 막내네 편이 늘 이기기 때문에 아이들은 막내를 이편저편 다 들어가 뛰는 '아다리'(당첨을 뜻하는 일본어 '아타리'에서 온 말로 양편에서 다 뛰는 사람을 일컫는 말로 쓰였다)를 시켰다.

그렇게 막내가 공놀이와 고무줄놀이에서 아다리가된 후로는 귀마개 모자를 벗어도 아무도 "당나귀 귀!"라고 놀리지 않았다.

막내가 공놀이와 고무줄놀이를 할 때 아이들은 이렇게 생각했다.

'막내가 펄쩍펄쩍 뛸 때마다 커다란 귀가 요술 부채처럼 팔랑거리면서 바람을 일으켜주는 건 아닐까? 그러니까 공놀이도 고무줄놀이도 저렇게 잘하지!'

두 명의
외할머니

"할머니, 짝꿍이 싫어요."

막내는 교실에 들어가지 않겠다며 고집을 피웠다. 막내는 방금 운동장에서 초등학교 입학식을 마쳤다. 여전히 바쁜 엄마 대신 외할머니 손을 잡고 손수건을 접어 왼쪽 가슴에 옷핀으로 달고 왔다. 엄마는 코 닦는 손수건을 그렇게 막내 가슴에 달아주었다. 반별로 운동장에 모여 교장 선생님 말씀을 듣고 담임 선생님을 따라 교실로 들어갈 때였다. 키순으로 둘씩 짝을 지어 여자아이들은 여자아이들끼리 남자아이들은 남자아이들끼리 교실로 들어가 자리에 앉았다. 키가 커 맨 뒤에 혼자 남은 막내는 짝이 없던 남자애와 짝꿍이 되었다.

막내는 남자아이와 짝꿍이 되는 게 싫었다. 밝오빠 친구들과는 구슬치기나 딱지치기, 제기차기 등을 하면서 몇 번 놀아봤지만, 같은 또래 남자애와는 단둘이 논 적이 없었다. 막내는 혼자만 남자애랑 짝이 되는 게 싫었다. 할머니는 당황해서 어쩔 줄을 몰랐다. 사정을 안 담임 선생님이 여자아이로 짝을 바꿔주었다. 막내는 그제야 교실로 들어가 자리에 앉았다.

학교가 파하고 할머니 손을 잡고 집으로 돌아오는데 한복을 곱게 차려입은 할머니 몸에서 향긋한 냄새가 났다. 할머니는 집안에 큰 잔치가 있거나 엄마가 바쁠 때면 전라북도 임실 오수라는 시골에서 올라왔다.

할머니는 언제나 조용하고 다정하고 온화했다. 어려서 눈을 다쳐 한쪽 눈이 조금 이상했지만, 막내 눈에는 할머니의 모든 게 예쁘기만 했다. 외할아버지는 막내가 태어나기 훨씬 전에 돌아가셔서 한 번도 본 적이 없는데 할머니는 어렸을 적부터 자주 보았다. 오수 시골집에 엄마랑 놀러 가면 할머니는 막내를 끌어안고 반기며, 흰쌀밥을 새로 짓고, 밭에서 자라는 푸성귀를 뜯어 맛난

네 번째 집 이야기

밥상을 차려주었다.

학교에서 집으로 돌아오자 할머니는 일할 거리를 찾아 엄마를 도왔다. 부엌방에 이불을 펼치고 이불 홑청을 꿰매거나, 엄마 아버지 옷과 양말은 물론 언니오빠들, 막내의 옷과 양말까지 모두 살펴 바느질이 필요한 것들만 추려내었다. 할머니는 막내 양말을 꿰맬 때마다 이렇게 말했다.

"우리 막내는 엄지발가락이 하늘로 솟아 그새 또 엄지발가락 쪽에 구멍이 났네?"

할머니는 식구들의 구멍 난 양말을 표 안 나게 잘도 꿰맸다. 양말을 꿰맬 때는 양말 속에 촉이 떨어진 전구알을 넣었다. 엄마가 사 온 나물이나 지까심(김칫거리)을 넓은 마루에 펼쳐놓고 다듬기도 했다. 어떤 때는 다듬잇돌을 사이에 두고 엄마랑 마주 앉아 도란도란 이야기를 나누며 다듬이질을 했다. 막내는 마루에서 방망이 네 개가 번갈아 가며 내는 '따라라락 또라라락' 소리를 듣다가 스르르 잠이 들기도 했다.

이런저런 일을 끝내고 나면 할머니는 조용히 혼자 성경책을 읽었다. 막내가 다가가 옆에 앉으면 성경책 이야기를 재미나게 들려주었다. 그런 외할머니가 엄마의 진

짜 엄마가 아니라는 건 나중에야 알았다.

막내는 가끔 엄마가 들려주었던 엄마의 엄마 이야기가 생각났다. 외할아버지는 3·1 독립운동의 주동자로 옥살이를 했다. 엄마의 엄마는 할아버지가 옥살이를 한 3년 동안 겨울에도 방에 불을 때지 않고 잤다. 할아버지가 자갈방(많은 독립운동가를 수용할 형무소가 없어서 흙 위에 벽을 쌓고 지붕만 덮은 후 바닥에는 자갈을 깔아놓고 가두어두었던 곳)에서 떨고 있는데 어찌 아내로서 따뜻한 방에서 이불을 덮고 잘 수 있느냐 하면서.

실제로 할아버지는 3년 동안 차디찬 감방에 쪼그리고 앉아 일본 놈이 시키는 대로 하루 종일 밀대 모자를 짜느라 네 손가락 마디의 살이 깎이고 깎여 나무토막처럼 되었다. 겨울에 얼어 터져 봄이면 피고름이 쏟아졌던 팔과 다리는 치료도 받지 못했다. 밤마다 간수 몰래 입으로 피고름을 빨아낸 덕에 겨우 아물었다.

할아버지의 몸 여기저기엔 보기 흉할 정도로 큰 흉터들이 남았다. 형기를 마치고 만신창이가 되어 나온 날, 할아버지는 여섯 살 난 엄마를 꼭 안아주며 눈물을 흘렸다. 엄마의 엄마는 그런 외할아버지를 지극정성으로 살려내었다.

어느 날 외할머니가 엄마의 진짜 엄마가 아니라는 걸 알게 되었을 때 막내가 엄마에게 물었다.

"왜 우리 외할머니가 엄마 진짜 엄마가 아니야?"

엄마의 엄마는 엄마가 평양에서 전문학교를 다니던 때 하늘나라로 갔다. 엄마의 엄마의 죽음은 시골 오수에 있는 가난한 사람과 걸인들의 슬픔이기도 했다. 엄마는 문상 온 걸인들이 "오메, 오메. 나 아플 때 누가 약을 주며 누가 싸매주고 누가 밥을 먹여줄꼬." 하며 울던 모습을 잊을 수 없다고 했다.

엄마는 하늘이 무너지고 땅이 꺼진 듯했지만, 홀로 된 외할아버지의 건강이 걱정되어 하루빨리 새어머니를 맞이하자고 이야기했다. 하지만 외할아버지는 "가문의 풍습이 집안에 혼인할 나이가 된 자식을 두고 아내가 죽으면 그 자식이 결혼하기 전까지는 새장가를 갈 수 없다."고 했다. 결국 엄마가 결혼한 후에야 외할아버지도 재혼했다. 외할아버지가 두 번째 맞이한 아내가 지금의 외할머니인 것이다.

엄마의 진짜 엄마는 따로 있었다는 걸 안 후에도 막내에게 외할머니는 다친 한쪽 눈을 찡긋하며 다정하게 웃는 외할머니뿐이다.

네 번째 집 이야기

광주동중과
광주고등학교 관사

막내 여덟 살에서
아홉 살

다섯 번째 집
이야기

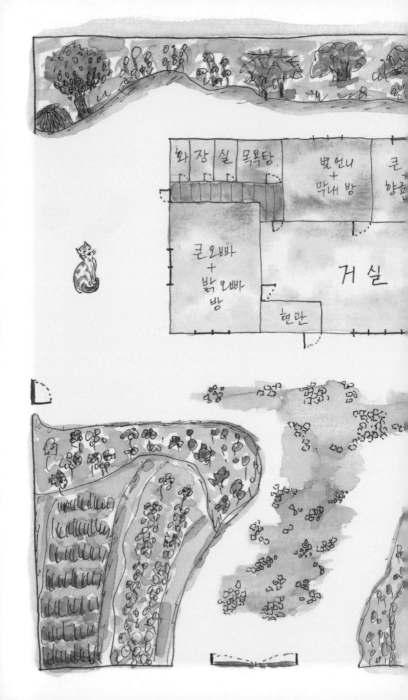

창고

부엌

버지
+
조마방

방과 후
집에 오면

"엄마, 학교 다녀왔어요."

초등학교 2학년이 된 막내는 책가방을 멘 채 헉헉거리며 엄마에게 인사를 했다. 토끼장과 닭장을 치우던 엄마는 "어서 오소, 내 강아지. 학교 잘 다녀왔능가?" 하며 막내를 반겼다.

막내는 엄마에게 인사를 하자마자 얼른 뒷마당으로 뛰어갔다. 책가방을 앵두나무 밑에 던져두고 펌프가 있는 우물로 갔다. 펌프 속을 들여다보니 아니나 다를까 물이 꼬르륵 빠져 있다. 막내는 박 속을 파내고 말려서 만든 바가지로 수돗물을 받아, 엄마가 막내를 위해 펌프 손잡이 밑에 놓아준 콘크리트 블록 위로 올라갔다.

막내는 한 손으로는 펌프에 마중물을 붓고 한 손으로는 빠르고 가볍게 펌프질을 했다. '커륵 커커륵' 소리를 내면서 물이 차오르면 본격적으로 펌프질을 했다. 펌프 손잡이가 올라갈 때 막내도 발돋움하며 폴짝 뛰어오른 후 온몸의 힘을 손잡이에 실어 내려왔다. 손잡이와 함께 뛰어올랐다 내려왔다를 반복하며 시원한 물이 나올 때까지 계속 펌프질을 했다.

막내는 바가지에 물을 받아 벌컥벌컥 마셨다. 전에 살던 장동 집에서는 학교까지 10분밖에 걸리지 않았는데, 광주고등학교 관사로 이사 온 후로는 30분씩 걸렸다. 여름방학이 되려면 아직 멀었지만 벌써부터 한낮의 땡볕이 뜨겁다.

아버지는 성전중학교에서 다시 광주에 있는 학교로 전근을 왔다. 가족도 장동 집을 떠나 이곳 관사로 이사를 왔다. 큰언니는 여전히 음악 선생님을 하고 있고, 공부만 하던 조용한 작은언니에 이어 막내를 곧잘 놀려먹던 작은오빠도 서울에서 대학을 다닌다. 막내는 모처럼 정이 들어 재미나게 놀던 친구들과 헤어진 건 무척 섭섭

다섯 번째 집 이야기

했지만, 이사 온 이 집이 마음에 들었다. 앵두나무와 포리똥나무(보리수나무)가 있어 빨간 열매를 마음껏 먹을 수 있어 좋았다. 토마토, 오이, 가지가 주렁주렁 열릴 때면 놀다가 언제라도 밭에 가서 따 먹었다.

쪽문을 열고 나가면 여러 가지 운동기구가 있는 넓은 운동장이 나왔다. 오른쪽으로는 학교를 감싸고 있는 둔덕 위로 울창한 아까시나무 숲길이 길게 이어져 있다.

아버지는 일고 관사에서 살던 때와는 달리 이제는 쪽문을 통해 학교를 오갔다. 그래서 쪽문은 늘 열려 있다. 막내는 강아지 보리와 고양이 나비와 집에서 노는 게 심심해질 때면 쪽문을 살짝 열어보았다. 체육복이나 교복 입은 오빠들이 없으면 얼른 운동기구가 있는 쪽으로 달려갔다. 펄쩍 뛰어올라 제일 나지막한 철봉이나 평행봉에 매달려보기도 하고, 모래밭에서 멀리뛰기를 하다 엉덩방아를 찧기도 했다. 끝없이 펼쳐진 풀밭에서 네잎클로버를 찾기도 했다.

운동장에서 놀다가 싫증이 나면 막내는 숲길로 달려갔다. 운동장까지 바람에 실려 왔던 아까시나무 향은 숲길로 접어든 막내를 자꾸자꾸 숲속으로 끌어당겼다. 둔덕을 올라 고개를 들어 보니 숲속은 아까시나무 꽃으로 만든 커다란 궁전 같았다.

숲에는 대학 다니는 큰오빠가 기르고 있는 염소 두 마리가 매여 있다. 엄마 염소와 몇 주 전에 태어난 아기 염소다. 큰오빠는 아침마다 염소 젖을 짜서 병에 담아 몇몇 아는 집에 자전거로 배달하면서 용돈을 벌었다. 막내는 큰오빠가 짠 따뜻한 염소 젖을 조금 맛본 적이 있는데 비위에 맞지 않아 다시는 먹지 않았다.

염소들은 막내를 보자 음메에, 하며 반가워했다. 막내는 뿔이 난 엄마 염소는 만져보기가 무서워 아기 염소의 등을 쓰다듬으며 아기 염소가 태어나던 날을 떠올렸다. 큰오빠는 엄마 염소가 새끼 낳는 걸 옆에서 지켜보며 도와주었다. 어느 순간 풍, 하고 커다란 덩어리가 엄마 염소 배 속에서 피와 함께 쏟아져 나왔다. 지켜보던 막내는 깜짝 놀랐지만 그게 바로 아기 염소였다. 엄마 염소는 아기 염소의 온몸을 감싸고 있던 비닐 같은 얇은 막을 열심히 혀로 핥아주었다. 아기 염소는 점점 활발하게 움직이더니 비칠비칠 일어나 걸으려고 했다. 아기 염소는 흔들흔들 걸어가 엄마 염소의 젖을 찾아 빨기 시작했다.

막내는 막 태어난 아기 염소가 바로 걷는 모습을 보

고 얼마나 신기했는지 모른다. 그렇게 태어난 아기 염소의 하얗고 보드라운 털을 어루만지고 있으면 막내는 마음이 포근해졌다. 아기 염소 곁을 떠나지 않고 핥아주고 보살피는 엄마 염소의 졸린 듯 웃는 눈은 참 인자했다.

그때였다. 갑자기 굵은 빗방울이 후드득 떨어졌다.
'염소는 비 맞으면 감기 걸려서 큰일 난다고 했는데.'
막내는 엄마를 부르기 위해 집을 향해 아까시나무 숲 둔덕을 구르듯 달려 내려갔다.
'염소가 비 맞고 죽으면 어떻게 해. 아기 염소는 태어난 지 얼마 되지도 않았는데.'
동명동 집에서도 키우던 엄마 염소가 죽는 걸 본 적이 있는 막내는 조바심에 더욱 속도를 내어 달렸다. 그렇게 달려가는데 어느 순간 몸이 붕 뜨는가 싶더니 앞이 깜깜해지면서 정신이 아뜩해졌다. 전속력으로 달리다 내리막길에서 돌부리에 발이 걸려 그대로 넘어진 것이다. 정신을 차리고 보니 한쪽 무릎이 깨져 피가 났다. 상처 속에 모래알들도 박혀 있었다. 그래도 염소 생각에 얼른 몸을 일으켰다. 엄마가 커다란 우산을 쓰고 저쪽에서 달려오고 있었다.

막내와 엄마는 서로 "염소, 염소." 하며 염소 있는 쪽을 향해 함께 뛰었다. 빗줄기는 점점 거세졌다.

둔덕을 오르자 엄마는 우산을 내동댕이치고 말뚝에 묶여 있던 엄마 염소와 아기 염소의 줄을 풀어 한 손으로 그러모아 잡은 후 다른 한 손으로는 다시 우산을 챙겨 들었다. "오메, 우리 맴생이들(염소들), 큰일 날 뻔했다잉. 이 어린것은 비를 맞고 얼마나 놀랐을 것이냐." 하고 말하던 엄마는 비로소 막내를 살펴보았다. 집에서 입는 반바지 반팔 차림이라 넘어지면서 흙바닥에 긁힌 손바닥과 무릎에서는 여전히 진득한 피가 흘러내리고 있었다.

"오메 어쩌끄나! 염소가 문제가 아니라 우리 막내, 뭔일이라냐?"

엄마가 놀라 묻는다. 그제야 아픔을 느낀 막내는 울음이 터져 나오려는 걸 꾹 참고 "아니야. 우리 염소들 비안 맞아 정말 다행이야. 엄마가 와줘서······" 하는데 참았던 눈물이 쏟아지기 시작했다.

"내 강아지가 염소들 걱정돼서 엄마 부르러 달려오다 넘어졌능갑다잉. 집에 가서 언능 아까징끼(빨간 소독약, 머큐로크롬)로 소독하고 약 바르세. 우리 막내, 우산 속으로 들어오소, 어서."

다섯 번째 집 이야기

아기 염소는 엄마 염소 뒤를 따르고, 막내는 엄마 치
마를 잡고 나란히 집으로 돌아왔다.

머리
자를 거야

"엄마, 아침부터 어디 가?"

엄마가 머릿수건을 두르고 서둘러 나갈 채비를 하자 오늘따라 아침 일찍 일어난 막내가 묻는다.

"장독대로 장 뜨러 가지 가긴 어딜 가."

엄마가 대답한다. 목욕탕에서 몸을 씻고 나오던 대학생 큰오빠가 "막내야. 어젯밤 엄마와 아버지, 싸우셨나 보다." 하며 웃는다.

"그걸 어떻게 알아, 큰오빠?"

"음, 사이좋게 주무셨으면 네가 '엄마 어디 가?' 하고 물었을 때 엄마가 '자앙 뜨러 간다아~' 하며 기분 좋게 말하셨을걸?" 한다.

엄마는 기분이 좋건 나쁘건 매일 아침 일어나자마자 장독대로 가서 그날 먹을 간장과 된장을 퍼오곤 한다. 장독대의 항아리 속에는 간장과 된장만 있는 게 아니다. 된장 속에 쏙쏙 박아둔 수박껍질 장아찌, 깻잎과 콩잎 장아찌, 무장아찌 등 온갖 장아찌와 멸치젓과 황새기젓을 비롯해 여러 가지 젓갈도 있다. 그래서 장독대의 항아리는 막내가 속에 들어가도 남을 만큼 큰 것에서부터 조그맣고 귀여운 것까지 크기가 제각각이다.

엄마는 봄 여름 가을은 물론 겨울에도 볕이 좋은 날에는 항아리 뚜껑을 하루 종일 열어두었다가 해 지기 전에 닫았다. 파리나 날벌레가 들어가지 않도록 항아리에 씌운 망사를 자주 점검했다. 구멍 난 망사는 다시 꿰매 항아리에 씌웠다. 항아리 뚜껑 닫는 걸 깜빡하기라도 하는 날엔 비나 이슬이 들어가 곰팡이가 슬고 구더기가 생겼다. 그러면 정성스레 담근 간장이나 된장을 못먹게 되니까 엄마는 외출해서도 장독대에 신경을 썼다. 호박이나 가지를 얇게 썰어 넓은 채반에 골고루 펼쳐 큰 항아리 뚜껑 위에 올려놓고 말리기도 했다. 어떤 때는

다섯 번째 집 이야기

생선을 꾸덕꾸덕 말렸다. 밝오빠가 친구들과 장독대 근처에서 놀다가 먼지라도 일으키는 날엔 엄마에게 혼쭐이 났다.

엄마는 오늘도 장독대의 크고 작은 항아리들 뚜껑을 닫은 채 바가지로 물을 쫙쫙 부어가며 말끔히 씻은 후 마른행주로 반짝반짝 닦고 있다. 막내는 엄마가 이렇게 몸을 움직여 뭔가에 열중하느라 정신없을 때 허락 받고 싶은 게 하나 있었다.

아침밥을 먹고 나서 학교 가기 전이면 엄마가 거실에 앉아 머리를 빗겨주는데 막내는 그때가 정말 싫었다. 밤새 헝클어진 긴 머리를 참빗으로 죽죽 빗어가며 엉킨 머리에 빗질을 할 때면 얼마나 아픈지 모른다. 실제로 엄마 손에 한 움큼씩 머리가 빠져나올 때도 있었다. 너무 아파서 울면 엄마는 등짝을 탁탁 때려가며 더 세게 머리를 빗겼다. 가지런히 빗겨진 머리를 양 갈래로 땋을 때도 머리카락을 힘껏 그러모으기 때문에 막내는 눈물을 찔끔거렸다. 엄마가 바빠 머리를 땋지 않고 하나로 묶을 때면 온 머리카락을 두 손으로 여러 번 쓸어 고개가 뒤로 젖혀지도록 당겨 모은 후 까만 고무줄로 꽁꽁 묶었다. 그때는 머리뿐만 아니라 얼굴 전체가 뒤로 빨려

나가는 것처럼 아팠다. 그 위에 빨간 꽃 리본을 달아줄 때까지 기다렸다가 땡, 하고 머리 손질이 끝나면 막내는 엄마 얼굴도 보지 않고 휑하니 집을 빠져나가곤 했다.

막내는 엄마에게 몇 번이나 머리카락을 자르고 싶다고 말했다. 그때마다 엄마는 "조금만 더 길러서 자르자잉. 그래야 가발공장에 비싸게 팔 수 있지야." 하며 달래곤 했다. 막내는 '엄마가 머리카락 빨리 자라라고 일부러 세게 잡아당기며 빗겨주는 건가?' 하고 생각할 때도 있었다.

"엄마, 나 오늘 머리 잘라도 돼?"

모기만 한 소리로 막내가 물었다. 정신없이 항아리를 닦던 엄마는 건성으로 "응, 그려. 알았다잉." 했다. 막내는 엄마 입에서 그 말이 떨어지기가 무섭게 대문을 박차고 언덕 아래에 있는 미용실로 달려갔다.

"어, 막내 왔네?"

엄마를 따라 자주 왔던 단골 미용실이라 미용실 아줌마가 반갑게 맞이한다.

"네, 저 머리 자르러 왔어요."

미용실 아줌마가 묻지도 않았는데 "엄마가 잘라도 된

다섯 번째 집 이야기

다고 했어요. 돈은 나중에 엄마가 주실 거예요." 하고 의자에 앉았다. 긴 머리는 쓱쓱 잘도 잘려나갔고 미용실 아줌마는 자른 머리를 가지런히 신문지 위에 올려두었다. 그렇게 머리를 자르니 얼마나 목 뒤가 시원하고 마음속까지 개운한지 막내는 날아갈 것만 같았다.

짧은 단발머리를 한 막내는 미용실 아줌마가 신문지로 싸준 머리카락을 조심스레 받아들었다. 다른 한 손으로는 목 뒤를 만져가면서 언덕길을 천천히 올라갔다.

막내가 대문을 열고 들어서자 엄마는 어느새 밭에 나와 물을 주고 있었다.

"어? 막내야. 너 왜 머리 잘랐냐, 엉? 엄마한테 말도 없이 왜 잘랐어!"

엄마는 그새 손에 매를 들고 달려왔다. 막내는 신문지에 싼 머리카락을 내동댕이치고 다시 대문을 열고 언덕 아래로 달려 내려갔다.

"엄마가 아까 장독대 청소할 때 잘라도 된다고 했잖아!"

막내는 소리를 냅다 질렀다. 한참을 달리다 뒤를 보니 엄마는 언덕 위 대문 앞에 서서 빨리 오라는 듯 입술을 앙다물고 무서운 표정을 짓고 있었다.

막내는 엄마가 대문에서 모습을 감춘 뒤로도 한참 있다 집에 들어갔다. 하지만 결국 엄마에게 엄청 혼이 났다. "내가 뭘 잘못했냐고!" 하면서 억울해서 서럽게 울었지만 말대답한다고 더 야단맞았다.

밤이 되어 막내가 잠이 들자 엄마는 막내 얼굴에 뺨을 비비며 혼잣말을 했다.

"지가 내 맘을 어치케 알 것이여, 어치케."

설핏 잠이 깬 막내는 엄마 마음을 다 헤아릴 순 없었지만, 눈물을 또르륵 흘렸다.

큰언니의
결혼

"오마, 누가 이렇게 색깔 입힌 송편만 골라 먹었지?"

아침에 일어나 마루에 놓아둔 대나무 석작을 열어본 큰언니가 깜짝 놀라 말했다. 추석을 앞두고 형부 될 사람이 다니는 서울의 직장에 보내려고 전날 저녁 담아둔 송편이었다. 부엌에 있던 엄마도 나와 보더니 "아니, 하필 맨 위에 있는 분홍 송편만 집어 먹었네?" 하며 난감해했다. 큰언니는 하얀 송편과 쑥 송편 사이사이에 분홍 송편으로 'I LOVE YOU'를 만들었는데 그중에서 'I', 'E', 'O'가 없어진 것이다.

틀림없이 영어를 모르는 막내가 먹었을 거라는 큰언니와 엄마의 추측은 맞았다. 막내는 색깔이 곱고 모양이 예뻐 먹었다고 이실직고했다. 큰언니와 엄마는 하필영어 글자 송편만 골라 먹었냐며 이제 큰형부에게 혼날거라며 막내를 놀렸다.

큰언니의 다정한 편지와 함께 송편을 받은 큰형부는 막내를 혼내기는커녕, "우리 막내 씨가 어쩌면 이렇게 잘 골라 먹었지? I는 없어도 당연히 누구인지 알겠고, LOVE에서 E가 없어도 러브는 러브고 YOU에서 O가 없어도 유는 유니까 전혀 문제될 게 없어요."라며 오히려 재미있어했다. 큰형부의 답신을 큰언니로부터 전해들은 막내는 비로소 마음이 놓였다. 그러자 처음 집에 인사하러 왔을 때 얼굴에 배어 있던 큰형부의 따스한 미소가 떠올랐다.

그런 큰형부와 큰언니가 드디어 11월에 결혼하기로 날짜를 정했다. 엄마는 추석을 쇠자마자 혼수품 준비로 분주했다. 막내가 학교 갔다 돌아오면 엄마와 엄마 친구들이 거실 마루에서 혼수 이불을 만들고 있었다. 엄마는 막내가 어릴 때부터 함께 산 향금이 언니도 곧 시집보내야 한다며 두 사람 혼수 이불을 한꺼번에 만들었다.

다섯 번째 집 이야기

목화솜을 깔고 화려한 천을 덧대어 바느질하는 엄마와 엄마 친구들을 보고 있으니 꼭 이불 공장 같았다.

어떤 날은 봉황이 수놓인 빨간 이불이, 어떤 날은 온갖 꽃들이 피고 나비가 날아다니는 노란 이불이, 어떤 날은 재봉틀로 박음질한 깔끔한 누비이불이 만들어지면서 요와 함께 마루 한 켠에 차곡차곡 쌓여갔다. 그 옆으로는 사각 베개, 둥근 베개 등 여러 모양의 베개가, 또 그 옆으로는 네 귀퉁이에 꽃술을 단 푹신한 방석들이 높이높이 올라갔다. 그뿐만 아니라 자고 나면 버선과 상보 등 여러 혼수품이 척척 쌓여갔다.

혼수품 준비가 어느 정도 끝나자 엄마는 언니오빠들과 막내가 결혼식에 무슨 옷을 입고 갈 것인지 고민했다. 모두 새 옷을 사 입히기에는 돈이 문제였다. 엄마는 고민 끝에 대학을 다니는 작은언니는 입던 옷 중에서 정장을, 큰오빠와 작은오빠는 대학 교복을, 중학교 다니는 별언니와 밝오빠도 학교 교복을 입게 하고, 초등학교 2학년 막내만 새 옷을 입히기로 했다.

막내는 새 옷을 사준다는 엄마 말에 뛸 듯이 기뻤다. 원래 바지를 즐겨 입고 치마를 좋아하지 않았던 막내는 쫄쫄이 털바지와 예쁜 색깔의 스웨터를 입고 싶다고 말했다. 엄마는 막내의 말을 듣는 둥 마는 둥 시큰둥하게 대답했지만, 막내는 큰언니 결혼식 때 입을 멋진 옷을 떠올리며 기대에 부풀었다. 하지만 기쁨도 잠시, 결국 엄마는 바지도 입던 것 중에서 가장 깨끗한 방울무늬 골덴 바지를 골라주었고, 편물점에서 짠 스웨터만 새것으로 사 왔다.

그 스웨터를 본 순간 막내는 울음을 터뜨리지 않을 수 없었다. 빨강이나 하늘색에 예쁜 동물 무늬가 있는 스웨터를 기대하고 있었는데, 짙은 남색에 가슴과 등 뒤로 빙 돌아가며 노란색 마름모꼴 무늬가 있는, 누가 봐도 남자애들이 입는 스웨터였다. 옷 투정을 해본 적이 없던 막내였지만 이번만은 참을 수 없었다. 엄마는 편물점에 스웨터를 맞춤 주문하면 비싸니까 걸려 있던 옷 중에서 하나를 골라 온 거다.

"워따, 남자 색깔, 여자 색깔이 어디 있다냐. 이 색이 진짜 멋진 색이여. 오래 입어도 안 질리고."

엄마는 막내를 달래려 애써보았으나 막내의 서운한 마음을 보듬어줄 수는 없었다.

꽃처럼 예쁜 큰언니와 눈이 서글서글하고 마음 따뜻한 큰형부의 결혼식 날, 아침부터 비가 부슬부슬 내렸

다섯 번째 집 이야기

다. 엄마는 축복의 비라며 좋은 징조라고 했다. 막내는 스웨터가 맘에 안 들어 여전히 기분이 좋진 않았지만, 결혼식 내내 큰언니의 예쁜 모습에 넋을 잃었다.

엄마에게 야단맞고 나면 막내를 꼭 안아주던 큰언니, 때론 친구처럼 함께 피아노도 치고 저녁마다 이중창으로 동요를 불렀던 큰언니, 막내가 삐져 있으면 장난을 걸어 기분을 풀어주던 큰언니, 둥근 밥상에서 식구들을 웃겼던 큰언니. 막내는 그런 큰언니와 떨어져 살 걸 생각하니 자꾸 눈물이 나왔다.

막내는 큰언니가 가르쳐준 노래 〈과꽃〉을 마음속으로 가만히 불러보았다.

"과꽃 예쁜 꽃을 들여다보면, 시집간 큰언니 얼굴 떠오릅니다."

향금이
언니

"아앙, 향금이 언니, 수박 좀 주라아."

막내는 부엌에 가서 향금이 언니를 조른다.

"안 돼야. 저건 저녁에 아버지 드려야 써. 너는 아까 한 쪽 먹었잖여."

향금이 언니는 막내 손이 닿지 않는 찬장 높은 곳으로 수박 그릇을 옮겨 놓는다.

"아버지 먹을 수박은 저렇게 많잖아. 한 쪽만 먹자아."

막내가 사정해보았자 향금이 언니는 들은 체도 안 한다. 냉장고가 없던 시절 차가운 펌프 물에 담가두었던

다섯 번째 집 이야기

수박을 온 가족이 먹고 아버지가 먹을 수박만 따로 찬장에 넣어둔 거다.

"씨이, 이렇게 더운데 저녁이면 수박이 다 썩을지도 몰라."

막내는 뾰로통한 표정으로 한마디 하고 부엌을 나왔다.

아니나 다를까 아버지가 저녁상을 물리자 향금이 언니는 큰 접시에 수박을 담아 내왔다. 아버지 옆에 앉아 있던 막내는 아버지가 한 쪽 드시기를 기다려 막 먹을 참이었다. 수박을 한 입 베어 문 아버지는 바로 수박을 손바닥에 뱉으며 "어, 상했구나." 한다. 엄마도 접시에 있던 수박을 한 입 베어 물더니, "향금아, 수박 쉬었다. 니가 아버지 드린다고 남겨두었을 텐디 어쩌끄나, 아까워서." 한다.

막내는 수박 접시를 들고 부엌으로 갔다. "이거 보라고. 아껐다 똥 됐네, 뭐." 하며 향금이 언니를 놀렸다. 접시를 받아 든 향금이 언니는 수박을 물끄러미 바라보다가 "아버지가 수박 못 드셔서 어쩐대. 나는 그것이 속상하당께." 한다. 유독 아버지 먹을 것 챙길 때만 빼고, 막내는 순한 웃음을 짓는 향금이 언니가 좋다. 향금이 언니는 귀염성 있는 둥그런 얼굴에 까맣게 반짝이는 눈도 동그랗다.

향금이 언니는 스무 살이 다 된 나이에 고아가 되자 엄마 친구의 소개로 막내네 집에 왔다. 막내가 다섯 살 때쯤이었다. 엄마는 향금이 언니처럼 천사 같은 사람이 우리 식구가 된 건 큰 선물이라 했다.

언니는 엄마를 도와 집안일을 하면서도 뭐가 그리 즐거운지 깔깔대곤 했다. 노래도 구성지게 잘 불러서 혼자 있을 때면 곧잘 노래를 흥얼거렸다. 막내가 대여섯 살 때까지는 향금이 언니 뒤를 졸졸 따라다니며 아무 뜻도 모른 채 향금이 언니가 부르는 노래를 따라 불렀다.

"잘 있어라 나는 간다. 이별의 말도 없이. 떠나가는 완행열차 대전발 양말('0시'를 막내는 '양말'로 불렀다) 오십 분."

막내는 동요는 큰언니에게, 유행가는 향금이 언니에게 배운 셈이다. 엄마처럼 남에게 뭘 챙겨주기도 좋아했던지라 걸인들이 집에 밥이나 옷가지 등을 얻으러 오면 꼭 챙겨주곤 했다. 거짓말을 못 하는 건 타고났는지 잘못한 게 있으면 엄마에게 머리를 조아리며 먼저 털어놓았다. 그런 정직한 향금이 언니에게 엄마는 살림살이를 거의 다 맡기다시피 했다. 엄마는 일단 사놓기만 하고

다섯 번째 집 이야기

뭐가 어디 있는지 얼마나 남았는지 몰라 오히려 향금이
언니에게 물어보는 경우가 많았다. 언니는 정도 많고 겁
도 많아서 엄마가 큰소리로 언니오빠들을 야단치거나
회초리로 때릴라치면 "아이구 엄마, 동생들 때리지 말고
나를 때려요." 하고 울며불며 엄마를 말렸다.

막내는 물론 언니오빠들도 향금이 언니를 친형제처
럼 생각하고 살았다. 큰언니하고는 나이 차가 많지 않아
속 깊은 이야기를 나누며 친구처럼 지냈다.

그런 향금이 언니가 부끄러워하는 게 딱 한 가지 있었
다. 막내가 글을 모를 때 향금이 언니에게 물어보면 우
물쭈물 넘어갈 때가 많았다. 막내는 언니오빠들은 무조
건 다 한글을 아는 줄 알았다. 그래서 아무렇지도 않게
향금이 언니에게 물었다.

"왜 언니는 글을 읽을 줄 몰라?"

"학교를 다닌 적이 없응께."

향금이 언니는 쓸쓸한 표정을 지으며 대답했다.

엄마는 향금이 언니를 YWCA에서 하는 야학에 보내
한글을 깨치게 했다. 큰언니가 시집가기 전 향금이 언니
는 큰형부에게 예쁜 글씨로 또박또박 편지를 썼다.

"우리 언니 많이 사랑해주시고 오래오래 행복하세요."

큰형부는 그 편지를 오래도록 간직했다.

향금이 언니도 내년이면 엄마의 조카뻘 되는 남자에게 시집간다. 키가 자그마한 향금이 언니는 키가 훤칠하게 크고 믿음직스러운 그 남자가 맘에 든다 했다.

막내는 향금이 언니를 보면 둥근 보름달이 떠오른다. 동그란 얼굴도 동그란 눈도 활짝 웃는 모습도 따스한 마음도 보름달을 닮았다.

다섯 번째 집 이야기

적산가옥은
답답해

　막내가 책가방을 메고 집을 향해 언덕길을 힘겹게 올라가는데 학교 쪽에서 학교 오빠들의 목소리가 우렁우렁 들려온다.

　"한일 굴욕 회담 반대! 한일 굴욕 회담 반대!"

　학교 오빠들이 이렇게 크게 외치는 소리를 듣기는 처음이다. 막내의 귀뿐만 아니라 가슴까지 쿵쾅 울릴 만큼 우렁찼다. 막내는 오빠들이 외치는 말이 무슨 뜻인 줄도 모르면서 '큰일 났구나.' 하는 생각에 집까지 헐레벌떡 뛰어 올라갔다. 등에 멘 가방에서는 필통 달그락거리는 소리가 요란하다. 대문을 열자마자 엄마를 불렀다. 엄마는 집에 없었다. 향금이 언니 혼자 불안에 떨며 안절부절못하고 있었다.

막내는 두근거리는 가슴을 진정시키고 향금이 언니랑 쪽문을 열고 학교 안을 살며시 들여다보았다. 하얀색 반팔 교복을 입은 오빠들이 운동장을 가득 메운 채 연신 오른손을 들며 같은 소리를 외치고 있었다. 단상에 선 오빠가 가끔 마이크에 대고 길게 이야기하다가, 또다시 모두가 한목소리로 외치기를 반복했다. 선생님들은 오빠들 주변을 근심 어린 표정으로 서성였다. 막내는 아버지가 보고 싶어 까치발을 하고 운동장을 살펴보았으나 운동장 앞쪽까지는 보이지 않았다. 막내는 괜히 아버지가 걱정되었다.

그날 저녁 막내는 아버지와 엄마가 주고받는 말을 들었다. 일본이 우리나라에 쳐들어와서 수많은 사람을 죽이고 형무소에 가두고 많은 걸 빼앗아갔는데 그걸 미안해하기는커녕 인정하지도 않는 마당에, 서로 잘해보자고 협정을 맺는 건 말이 안 된다는 거였다. 아버지는 학생들의 주장이 옳다고 했다. 그렇지만 학생들이 교문 밖으로 나가 데모를 하면 경찰과 충돌해 피 흘리고 다칠

　　　　　　　　다섯 번째 집 이야기

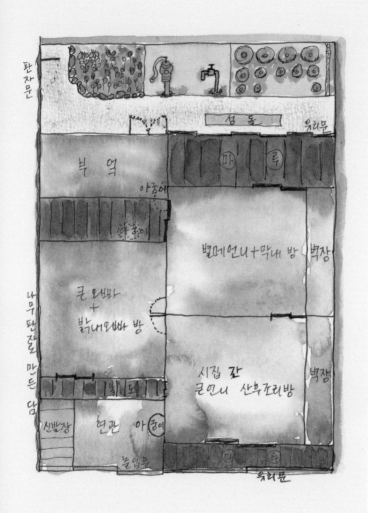

호남동
적산가옥

수도 있으니 학생들을 설득해서 교내에서 시위를 하라고 했다는 것이다. 엄마는 "잘하셨소, 잘하셨소."를 연발하며 아버지의 말에 맞장구를 쳤다.

교내 시위를 허락했다는 이유로 정권에 밉보인 아버지는 가을 학기에 또다시 해남에 있는 고등학교로 발령이 났다. 아버지는 해남고등학교 관사로 가고 엄마는 다시 우리가 살 집을 부랴부랴 알아봤다. 어렵사리 호남동에 있는 자그마한 집을 월세로 구할 수 있었다.

너른 밭과 꽃과 나무가 있는 정원이 딸린 집에 살다가, 상자갑 같은 집으로 이사 오니 막내는 숨이 막힐 것 같았다. 막내네 집과 똑같은 집이 벽 하나를 사이에 두고 줄줄이 이어져 있었다. 엄마는 이런 집을 보고 적산가옥이라고 했다. 적산가옥이 뭐냐고 막내가 묻자 적산은 '적의 재산'이라는 뜻으로 일본 사람들이 살던 집이라고 했다.

유리창이 달린 나무 현관문과 복도의 커다란 유리문을 열면 바로 차와 사람이 다니는 도로였다. 도로 건너편 전봇대 주변으로는 손수레 여러 대와 함께 아저씨들이 옹기종기 모여 있었다. 아저씨들은 누가 와서 짐을 실어달라고 하면 돈을 받고 짐을 날라다주곤 했다.

다섯 번째 집 이야기

도로는 흙길이라 집 안으로 먼지가 많이 들어왔다. 하루에도 몇 번씩 방과 마루를 닦아도 먼지는 금세 내려앉았다. 부엌 판자벽은 골목길에 접해 있어서 저녁이 되면 술 취한 아저씨들이 부엌 벽에 오줌을 눌 때도 있었다. 그럴 때면 엄마가 길고 커다란 쇠 국자를 들고 쪽문을 열고 골목으로 나갔다. "여기가 당신네 변소인 줄 아시오? 우리 집 부엌이란 말이오, 부엌!" 하고 고래고래 소리를 질렀다.

불편한 건 그뿐이 아니었다. 한 번씩 연탄을 갈 때마다 방에 붙어 있는 좁은 툇마루를 들어 올리고 깊숙이 들어가 있는 화덕을 잡아당겨야 해서 여간 힘든 게 아니었다. 집 안에서는 연탄가스 냄새가 나서 도로의 먼지가 들어와도 문을 자주 열 수밖에 없었다. 옆집에서 나는 소리가 마치 옆방 소리처럼 들려 옆집 사람이 하는 말에 막내가 대꾸를 한 적도 많았다.

엄마는 이 자그마한 집에서도 꽃을 키웠다. 뒷마당 장독대 옆에 손바닥만 한 땅이 있는데 거기에 채송화, 봉선화, 맨드라미, 분꽃, 과꽃을 심었다. 막내는 꽃들 앞에 쭈그리고 앉아 꽃 이름을 하나하나 불러주면서 들여다보았다.

우물과 장독대 앞쪽으로는 막내가 혼자 공놀이를 하면 딱 좋을 공간이 있었다. 마당은 좁지만 긴 빨랫줄에 빨래를 널 수도 있었다. 좁은 마당에서 비가 오면 장화

를 신고 물장난도 치고 눈이 오면 눈사람도 만들었다. 마당에 서면 하늘도 맘껏 볼 수 있었다. 밤이면 마루에 걸터앉아 별과 달을 보며 큰언니가 가르쳐준 노래를 불렀다.

유리창마다 하얀 김이 서리는 날이면 집 안의 유리창은 온통 막내의 도화지로 변했다. 막내는 김 서린 유리

다섯 번째 집 이야기

창에 손가락으로 좋아하는 동물과 꽃을 그리기도 하고, 엄마 아버지와 언니오빠들 얼굴을 그리기도 했다.

추운 겨울바람이 불던 어느 날, 느닷없이 큰언니는 아

가를 데리고 이 좁은 집으로 왔다. 아가를 낳자마자 큰 형부가 해외로 발령이 나는 바람에 호남동 집에서 함께 살게 되었다. 동생이 없던 막내는 좋아하던 큰언니가 아 가까지 데리고 오자 동생이 생긴 것마냥 기뻤다. 아가 이름은 지영이.

지영이는 첫아기라 큰언니는 모든 게 서툴렀다. 엄마

는 방 안에 큰 다라이를 들여다놓고 따뜻한 물을 부은 후, 아가 목욕시키는 법부터 가르쳐주었다. 젖 먹이고 트림시키는 것, 아가가 다치지 않게 손톱 자르는 것 등 하나하나 일러주었다. 겨울방학 때 서울에서 내려온 작은오빠는 처음 본 조카가 예쁘다며 안고 춤을 추다가 아가가 토해서 야단이 난 적도 있다. 아가는 무럭무럭 잘 자랐다.

막내는 아가의 모든 게 신기해서 학교 갔다 오면 아가를 한참 동안 들여다보곤 했다. 대학생 큰오빠가 방송국에 전화로 노래 신청을 해서 우렁차게 노래를 부를 때면, 건넌방 큰언니는 지영이 깬다고 아가 귀를 감쌌다. 사춘기에 접어든 중학생 밝오빠는 막내에게 자주 짜증을 냈다. 그때마다 막내는 나비를 데리고 놀거나 마당에 나가 혼자 공놀이를 했다.

좁지만 막내에게 더없이 다정했던 마당마저 없었다면 막내는 정말 이 집이 싫었을 거다. 이렇게 이 집에도 점점 정이 들어갔다.

신안동
한옥 셋집

막내 열 살

여섯 번째 집
이야기

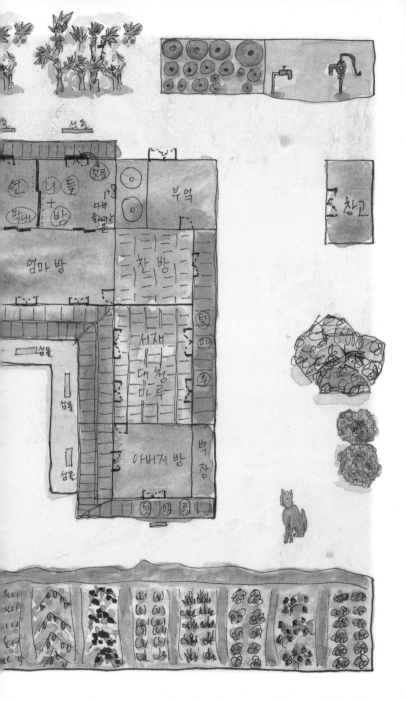

엿공장

"우와, 진짜?"

고래등 같은 한옥으로 이사 간다는 엄마 말이 막내는 믿기지 않았다. 막내는 눈을 동그랗게 뜨고 몇 번이나 물었다. 엄마는 막내가 물어볼 때마다 같은 말을 지치지도 않고 해주었다. 오래된 한옥 자리까지 도로 확장 공사를 하는 바람에 한옥을 헐어야 했다. 한옥 주인은 집이 헐리는 게 너무 아까워 변두리 빈 땅을 사서 한옥을 그대로 옮겨와 지었다고 한다. 엄마랑 잘 아는 한옥 주인은 바로 이사할 수 없는 사정이 생겨 막내네 가족이

일 년 정도 그 집에서 살 수 있게 되었다. 일 년 후엔 또 어디론가 가겠지만, 막내는 그림 속에서만 보던 커다란 기와집에서 살 수 있게 된 게 얼마나 기쁜지 몰랐다.

답답하고 불편한 게 많았어도 마당이 있어 정이 들어가던 적산가옥을 떠나던 날, 막내는 조금 섭섭했다. 밤이면 아저씨들이 오줌을 누던 골목길을 달려보기도 하고, 건너편 손수레 아저씨들한테 슬그머니 다가가 이야기를 엿듣기도 하고, 조금 떨어진 곳에 있던 책방에 들어가 괜히 책들을 들춰보았다. 소리가 잘 들려 한집 같았던 옆집도 유리창을 통해 살며시 들여다보았다. 무엇보다도 장독대 옆에서 피고 지던 꽃들과 헤어지는 게 아쉬웠다. 막내는 이제 막 새잎이 올라오기 시작한 자그마한 꽃밭에 쪼그려 앉아 꽃들을 가만히 들여다보았다. 흙냄새가 향긋했다.

신안동 집에 도착하니 이삿짐을 나르고 정리하느라 부산하다. 과연 집은 넓고 컸다. 옛날 양반들이 살던 집이라고 했다. 대문을 들어서자 대문 바로 앞에는 돌로 쌓은 화단이 있고 오른쪽으로는 텃밭처럼 생긴 빈 땅이 있는데 제법 넓어 보였다. 집을 바라보니 마루가 높아

여섯 번째 집 이야기

막내는 저 마루를 오르내리려면 참 힘들겠다는 생각이 맨 먼저 들었다. 뒷마당으로 돌아가자 반가운 펌프와 장독대가 있었다. 뒷마당 담 밑에서는 풀인지 나무인지 알 수 없는 식물들이 자라고 있었다.

뒷마당 한편에는 방과 부엌이 딸린 텅 빈 작은 별채가 있었다. '어, 여기도 집이 있네?' 하는 생각도 잠시, 막내는 어수선한 집을 빠져나와 밖을 둘러보았다. 집 앞에는 넓은 공터가 있었다. 공터 너머 오른쪽으로는 끝이 안 보일 정도로 너른 밭들이 이어졌다. 밭을 따라 눈길을 돌리니 자그마한 산이 보였다. 산 모습이 도도록한 게 막내의 눈에 아주 익숙했다. 저 산을 어디서 보았더라, 막내는 잠시 궁금해하다 말고 몸을 뒤로 반 바퀴 돌려 공터의 반대편을 살펴보았다. 공터 왼편으로는 집들이 띄엄띄엄 있었다. 집들 뒤로는 골목이 다정하게 이어져 있었다.

'아, 내가 좋아하는 골목길, 여기도 있네. 저 골목에는 분명 친구들이 살고 있을 거야. 그럼 이 공터에 불러 모아 함께 놀아야지.'

막내는 친구들을 불러 모아 함께 노는 상상을 했다. 그때 어디선가 달콤한 냄새가 솔솔 났다.

'이 냄새는 내가 제일 좋아하는 냄새. 음, 엿 냄새.'

막내는 냄새를 따라 왼쪽 길로 접어들었다. 굴뚝에서 하얀 연기가 솟아나는 집이 있었다. 자세히 보니 집이 아니라 무슨 공장 같았다. 맞다. 어쩌면 엿을 고는 엿공장일지도 몰라. 솔솔 나는 단 냄새에 빠져 막내는 파란 문을 열고 공장 속으로 쭈뼛쭈뼛 걸어 들어갔다. 달콤한 냄새가 점점 진해졌다.

아저씨와 아줌마들이 왔다 갔다 하는 모습이 보이자 막내는 가만히 멈춰 섰다. 아저씨 한 분이 다가와 말을 걸었다.

"어, 처음 보는 얼굴인디? 어디서 왔냐."

부끄럼 많은 막내지만 엿 냄새에 취해 도망가지도 않고 단단히 서서 대답했다.

"저, 오늘 저기 저 한옥으로 이사 왔는데요."

"어, 그래? 이사 온다고 하더만 느그 집이구나잉. 엿 냄새 맡고 들어왔능갑만?" 하면서 부스러진 갱엿 조각을 막내 손에 쥐여주었다.

"너 인자 앞으로 이 아저씨랑 친해질 거여. 친구들이랑 자꾸 오게 될 것잉께. 시방은 갱엿 고는 시간이라 갱엿 줬는디 호박엿 고는 때 맞춰 오믄 호박엿 주마잉."

여섯 번째 집 이야기

엉겁결에 엿을 손에 받아 쥐고 우두커니 서 있는 막내를 보고 아저씨는 이렇게 말한 뒤 안으로 들어갔다.

막내는 맛있는 엿을 매일 와서 먹을 수 있다는 생각에 코까지 벌름거릴 정도로 좋았지만, 짐짓 내색하지 않고 안을 자세히 살펴보았다.

더 안쪽에서는 막내가 손가락에 끼워 먹곤 하던 동그란 튀김 과자를 시커먼 기름에 튀겨내고 있었다. 과자가 담긴 비닐 봉투가 산더미처럼 쌓여 있었다. '과자는 누런데 기름은 왜 저렇게 까맣지?' 생각하며 막내는 조용히 공장을 빠져나왔다. 터벅터벅 집 쪽을 향해 걸어가는데 비로소 손에 있던 갱엿 조각이 생각나 조금 집어 입에 넣어보았다. 갱엿은 손 안에서 그새 진득해져 있었다.

전봇대의 긴 그림자가 드리운 공터에는 아이들이 한 명도 없고 흙바람만 불었다. 이삿짐 차도 갔는지 보이지 않았다. 먼 데 목공소에서 들려오는 망치질 소리에 막내는 까닭 없이 눈물이 주르륵 흘렀다.

신안동
친구들

"쑥 뜯으러 가자아."

아이들이 동네가 떠나가라 소리치며 다닌다. 학교가
파해 집에 온 동네 아이들이 이 집 저 집 다니며 친구들
을 불러 모아 함께 쑥 뜯으러 가나 보다. 막내는 이사 온
지 얼마 안 되어 친구들을 사귀지 못했지만 함께 쑥 뜯
으러 가고 싶은 마음이 굴뚝같다. 쑥 뜯으러 가자는 소
리가 들리자마자 막내는 소쿠리와 작은 과일칼을 챙겼
다. 막상 나가려니 뻘쭘했지만 용기를 내어 대문을 열고
나갔다.

여섯 번째 집 이야기

아이들은 공터에 모여 아직 오지 않은 친구들을 여태 부르고 있었다. 한 아이가 대문을 열고 나온 막내를 보더니 "너 이 집에 이사 온 아이구나. 몇 학년이야? 어느 학교 다녀?" 한다.

"응, 나 서석초등학교 4학년. 같이 가도 돼?"

막내 말을 끝까지 듣지도 않고 아이들은 무리 지어 앞장서 걸어간다. 긴 밭도랑 사이를 걸어가니 멀리 보이던 작은 산이 점점 가까워진다.

"쑥 캐러 어디로 가는 거야?"

막내가 묻자 한 아이가 "저기 저 산. 태봉산. 거기 가면 깨끗한 쑥이 엄청 많아." 한다. 아, 이사 온 날 대문 앞에 서서 바라봤던 그 도도록한 산이 태봉산이었다. 산 모습이 왜 낯익었는지 막내는 이제야 알 것 같았다. 전남여고 관사에 살 때 아버지와 엄마, 언니오빠들과 산보 갈 때 보았던 산. 경양방죽 아래 넓은 들 가운데 우뚝 솟아 있던 산. 밝오빠가 왜 산 이름이 태봉산이냐고 묻자 아버지가 자세히 설명해주었던 바로 그 산. 그 산이 이제는 막내네 집 가까이 왔다. 그리고 그 산에 쑥을 캐러 간다.

그날 이후 막내는 학교만 파하면 공터에 나가 아이들

과 함께 놀았다. 막내는 고무줄놀이, 오자미, 공놀이를 좋아해 동네 아이들과 금방 친해졌다. 어떤 때는 새끼줄을 꼬아 만든 긴 줄을 가지고 편을 짜서 줄넘기를 했다. 엄마는 어디서 길고 묵직한 판자를 얻어와 널뛰기하면 좋겠다며 막내네 집 바깥벽 한쪽에 세워두었다. 널뛰기를 할 때면 가마니를 둘둘 말아 그 위에 널빤지를 올렸다. 가위바위보를 해서 진 사람 둘이 널빤지가 흔들리지 않게 중심에 앉고 이긴 사람 둘은 양쪽에 서서 널을 뛰었다. 널이 돌돌 돌아가며 흔들릴 때도 많았지만 균형을 잡아가며 널뛰기를 주거니 받거니 하다 보면 막내와 친구들 웃음소리가 점점 커졌다.

널뛰기를 구경하던 아이들은 둘씩 짝을 지어 쎄쎄쎄를 하기도 했다.

"푸른 하늘 은하수 (짝짝) 하얀 쪽배에 (짝짝 짝짝짝)."

"야아, 네 손뼉이 위쪽이잖아. 나랑 똑같이 손뼉을 밑으로 하면 어떻게 해."

"알았어. 이번에는 안 틀리고 내가 위로 할게." 해놓고서도 또 틀린다. 아이들은 짜증내지도 않고 와르르 웃으며 처음부터 다시 하곤 한다.

공터 한쪽에서는 남자아이들이 구슬치기와 딱지치기

도 하고 땅을 파서 자치기도 했다. 막내는 가끔 남자애들 놀이에도 끼었다. 막내는 구슬치기를 좋아했다. 딱지치기는 먼지만 날리고 좀체 상대편 딱지가 뒤집히지 않아 답답한데 구슬치기는 구슬을 맞혀 따 모으는 재미가 있었다. 저녁에 방에 혼자 앉아 구슬들을 하나씩 불빛에 비춰가며 들여다보면, 마치 우주가 구슬 속에 들어가 있는 듯 신비해서 자꾸만 모으고 싶어졌다.

동네 친구들은 저녁밥을 먹고 나서도 막내네 집에 다시 모이곤 했다. 엄마가 쌀과 콩을 볶아주기도 하고 올개쌀과 보리튀밥을 챙겨주기도 해서 그것들을 먹으며 도란도란 이야기 나눌 때도 있다. 하지만 다시 모인 진짜 이유는 노래를 좋아하는 막내가 생각해낸 노래자랑을 하기 위해서이다. 밤늦게 들어오는 큰오빠 방 옆 툇마루는 아버지와 엄마 방과도 뚝 떨어져 있고 대청에서도 멀어서 막내와 친구들이 저녁에 노래하고 떠들기에 안성맞춤이다.

아이들은 마당에 깔아놓은 멍석에 모여 앉아 한 사람씩 돌아가며 툇마루를 무대 삼아 노래를 불렀다. 아이들은 툇마루에 올라서서 마당에 앉아 있는 친구들을 바라보는 것만으로도 기분 좋아했다. 노래가 한 차례 돌아

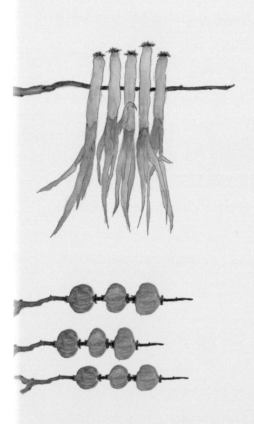

가면 다 같이 심사를 해서 그날 제일 잘 부른 친구를 뽑았다. 가사가 틀리면 땡, 음이 불안해도 땡, 여름에 고드름 노래를 부르면 계절에 안 맞는다고 땡, 너무 급하게 불렀다고 땡, 앞서 부른 친구와 같은 노래 불렀다고 땡, 이미자의 〈동백아가씨〉는 동요가 아니라 유행가라고 땡, 하다 보면 일등으로 뽑히는 친구는 거의 매번 달랐다. 상품은 물론 없었다. 뽑힌 친구가 다음번 노래자랑 사회를 볼 뿐이었다. 그래도 다들 두 손을 배꼽 앞에 마주 잡고 노랫가락에 맞춰 몸을 흔들며 방송국 어린이 노래자랑에라도 나온 양 한껏 폼을 잡으며 노래를 불렀다.

노래자랑이 끝나면 뒷마당에 모닥불을 지피고 양파를 구워 먹었다. 익은 양파를 젓가락에 끼워 호호 불어가며 먹으면 달큰하니 맛이 있었다. 양파가 없으면 굵은 대파를 구워 먹었다. 누군가가 "왜 양파도 대파도 그냥 먹으면 매운데 구우면 단 걸까?" 하고 물었다. "사람도 뜨거워지면 달콤해질까?" 하는 말에는 왁자하게 웃었다.

"나는 〈저 눈밭에 사슴이〉보다 그전에 했던 〈하숙생〉이 훨씬 더 재밌더라."

온 가족이 라디오 앞에 모여 앉아 듣는 연속극 이야

기가 나오자 극중 성우들의 말투를 흉내 내느라 또 한 바탕 웃음잔치가 벌어졌다.

막내와 친구들은 어른들이 듣는 연속극을 라디오로 함께 들으면서 감히 들여다볼 수 없는 어른들의 사랑을 엿볼 수 있었다. 도란도란 이야기꽃은 엄마들이 데리러 올 때까지 까르륵대는 웃음소리와 함께 시들지 않는다.

여섯 번째 집 이야기

아이스케키
통을 든 아이

막내네 텃밭은 봄이 지나자 초록빛을 더해갔다. 공터 옆 밭도 요술방망이를 휘두른 듯 온통 초록 벌판으로 변했다. 끝이 보이지 않는 너른 밭에서 자라는 게 무엇인지 몰랐던 막내는 어느 날부터인가 아침 일찍 밭에 가서 토마토와 오이를 한 광주리씩 사 오는 엄마를 보고 토마토와 오이 밭인 줄 알게 되었다. 엄마 따라 가까이 가서 보니 양옆으로 지지대가 세워져 있고 토마토가 주렁주렁 열려 있었다. 저 멀리 있는 밭에는 오이가 길쭉길쭉 달려 있었다. 밭 주인은 잘 익은 토마토와 오이를 골라 따기 위해 새벽같이 왔다.

밭 주인에게서 사 온 싱싱한 토마토와 오이를 엄마는 매일 다르게 요리해주었다. 토마토 철이 되어 토마토가 쌀 때면 뒷마당 화덕에 장작불을 때고 가마솥에 토마토를 한가득 넣고 푹 삶았다. 잘 삶아진 토마토는 식혀서 껍질을 벗기고 으깼다. 끓는 물 속에 집어넣었다 꺼낸 깨끗한 빈 병들에 으깬 토마토를 부어 온 식구가 두고두고 마셨다.

막내는 삶은 토마토보다 엄마가 아침에 밭에서 막 사 온 토마토를 익히지 않고 먹는 게 좋았다. 막내 얼굴만 한 큰 토마토를 씻어 한 입 베어 물면 토마토 속에 코가 파묻힐 정도였다. 토마토를 먹다 보면 가끔 입술이 부르틀 때도 있지만 토마토 푸른 꼭지에서 나는 독특한 향은 가슴을 확 트여주었다. 막내는 그 향이 진하게 나는 토마토만 골라 먹었다.

막 따 온 아삭아삭한 오이 맛도 그만이었다. 엄마는 오이를 잘게 썰어 참기름에 살짝 볶아주기도 했다. 그러면 밥과 함께 오이를 많이 먹을 수 있었다.

신안동으로 이사 온 후 학교까지 가려면 한 시간이 넘게 걸렸다. 그래서 막내는 아침을 일찍 먹고 집을 나서곤 했다. 시간이 걸려도 학교에 갈 때는 그럭저럭 견딜 만했지만 날씨가 더워지면서 집으로 돌아오는 길은 무척 힘들었다.

서석초등학교에서부터 개천을 따라 신안동 집까지 걸어가는 길은 멀고도 멀었다. 엄마가 싸준 물통의 물을 다 마시고도 금방 목이 말랐다. 용돈 같은 건 아예 받은 적이 없어 음료를 사 먹을 수도 없었다. 너무 목이 마를 때는 개천의 더러운 물이라도 마시고 싶을 정도였다. 전남여고 관사에 살 때만 해도 동네 아줌마들이 모여 맑은 개천 물로 이불 홑청 빨래도 하고 도란도란 이야기도 나누었는데, 이제는 그 물이 더러워졌다. 사람들은 개천에 하수구를 연결해 더러운 물을 마구 쏟아내고 쓰레기를 몰래 버리기까지 했다. 비가 많이 온 후에는 어디서 떠내려왔는지 깨지고 부서진 살림용품들도 둥둥 떠다녔다.

막내는 더러워진 개천을 보면 마음이 아팠다. 하지만 걷는 게 지루해 천변에 떨어진 쓰레기 속 물건들을 자세히 살펴보며 걷는 버릇이 생겼다.

그래도 집은 아직 멀었다. 햇볕은 더욱 쨍쨍 내리쬐고 목은 점점 말라온다. 그때 막내보다 조금 키가 큰 사내 아이가 아이스케키 통을 메고 "아이스케키 아이스케키." 하며 지나간다.

막내는 도저히 목마른 걸 참을 수 없어 "아이스케키 하나만 줄래? 돈이 없으니까 우리 집까지 함께 가면 돈은 집에 가서 줄게."라고 말을 걸어보았다. 어디서 그런 용기가 났는지 모른다. 아이는 선선한 표정으로 "알았어." 하면서 아이스케키 통에서 우윳빛 아이스케키 하나를 꺼내주었다.

막내는 받자마자 입으로 가져갔다. 허겁지겁 아이스케키를 먹고 나니 더위도 가시고 다시 걸을 힘도 생긴다. 그제서야 막내는 조금 뒤에 처져 따라오는 아이가 생각났다. 미안하고 부끄러운 마음에 갑자기 어디론가 숨고 싶었다. 막내는 아이의 신발 끄는 소리만 확인한 채, 아무 말 없이 땅을 내려다보며 겨우겨우 집까지 왔다. 말없이 집까지 따라와준 그 애가 고마웠다.

집에 도착하자마자 엄마에게 돈을 받아 아이에게 건넸다. 마루에서 나물을 다듬고 있던 엄마는 "오메, 그 무건 것을 메고 집까지 따라와주었구나. 참말로 고맙다잉. 너도 더울 것인디 들어와 시원한 물이라도 마시고 가라." 했다. 그 애는 엄마 말이 채 끝나기도 전에 "괜찮아

여섯 번째 집 이야기

요." 하며 돈만 받고 가버렸다. 물도 마시고 맛난 과일이라도 먹고 가라고 붙잡지 못한 게 막내는 못내 미안했다. 그러고 보니 고맙다는 말 한마디 못 했다.

그날 이후 엄마는 "암만해도 우리 막내 학교 왔다 갔다 하는 게 너무 힘들것다. 저짝 수창초등학교로 전학을 가야 쓰것다."라는 말을 자주 했다. 드디어 막내는 2학기부터 걸어서 30분 거리에 있는 수창초등학교를 다니게 되었다.

교생 선생님과
과꽃

　오늘 아침도 막내는 엄마가 돌리는 재봉틀 소리에 잠
이 깼다. 아버지 월급만으로는 서울에서 대학 다니는
언니오빠들의 등록금과 생활비 대기가 턱없이 부족해
서 엄마는 집에서 버선과 이불을 만들어 팔았다. 혼수
품 일체를 주문받아 만들기도 했다. 집 안 곳곳에는 솜
들이 나뒹굴고, 아침저녁 엄마의 재봉틀 소리가 끊이지
않았다.

　막내는 아침부터 걱정이다. 엄마에게 돈을 달라고 해
야 하는데 가뜩이나 돈에 쪼들려 고생하고 있는 엄마에

여섯 번째 집 이야기

게 말을 꺼내기가 쉽지 않다.

막내는 아침상을 치우고 텃밭에서 일하고 있는 엄마를 가만히 살폈다. 엄마는 쭈그리고 앉아 호미로 풀을 뽑고 있다. 무슨 생각에 빠져 있는지 표정이 사뭇 심각하다. 막내는 엄마 표정이 밝지 않은 걸 보자 휴, 한숨이 나왔다. 책가방을 챙겨 들고 겨우 용기를 내어 엄마에게 말했다.

"저, 엄마. 음, 나 돈 좀 줘."

"전과 산다고 돈 준 지가 얼마나 됐다고. 어따 쓸라고?"

"저기, 그러니까, 교생 선생님……."

"교생 선생님, 뭐?"

"교생 선생님이 좋아하는 꽃 사다 드……."

"뭣이여? 꽃을 사? 아니, 언니오빠들 필요한 것도 못 사주고 있는 판에 뭐, 꽃을 산다고?"

엄마는 갑자기 호미를 든 채 휙 일어나서 막내를 본다.

"돈 주고 꽃을 산다고? 꽃은 저그 저짝 담벼락 밑에 수북이 피었잖여. 저렇게 집에 꽃이 많은디 돈을 주고 꽃을 사서 누구를 준다고?"

막내는 엄마가 계속 화를 내며 큰소리치는 게 싫어

얼른 말했다.

"그래, 엄마. 알았어, 알았다고. 담 밑에 저 꽃 꺾어갈
게. 이제 그만 화 내."

담 밑을 따라 줄줄이 피어 있는 과꽃 앞으로 가서 막
내가 손으로 꺾으려 하자, "손으로 꺾으면 보기 싫응께
가위 갖다 잘라!" 하는 엄마 목소리가 등 뒤에서 들린
다. 막내는 가위를 가져와 한 송이 한 송이 정성스럽게
자르다 눈물을 뚝뚝 흘린다. 어제 교생 선생님에게 선생
님이 좋아하는 꽃을 드리겠다 약속했는데 겨우 마당에
핀 꽃을 가져가다니.

막내는 눈물을 훔치고 가위로 과꽃을 잘라 풍성하
게 만든 후 보라, 연보라, 분홍, 색깔별로 어울리게 섞어
보았다. 엄마가 모아놓은 재활용 포장지를 한 장 꺼내와
꽃을 동그랗게 감쌌다.

2학기 들어 전학 간 수창초등학교에는 한 달간 교생
선생님이 실습을 나왔다. 교생 선생님은 교대를 다니는
대학생이다. 오빠들이 셋이나 있어도 막내와 잘 놀아주
지 않았는데 교생 선생님은 늘 웃는 얼굴로 막내에게
다정하게 말을 걸어주었다. 막내는 처음에는 부끄러워
서 선생님이 묻는 말에 대답조차 하지 못했다. 그랬던

막내가 어제는 수업이 끝나고 선생님이 치는 풍금에 맞춰 선생님과 둘이서 노래까지 불렀다.

"아빠하고 나하고 만든 꽃밭에 채송화도 봉선화도 한창입니다. 아빠가 매어놓은 새끼줄 따라 나팔꽃도 어울리게 피었습니다."

"우와, 음정이 정확하네. 2절부터는 맑음이 네가 풍금을 쳐볼래?"

"애들하고 재밌게 뛰어놀다가 아빠 생각나서 꽃을 봅니다. 아빠는 꽃 보며 살자 그랬죠. 날 보고 꽃같이 살자 그랬죠."

선생님과 함께 2절을 다 부른 뒤 막내가 물었다.

"선생님도 꽃 좋아하세요? 저는 꽃이 참 좋아요."

"그럼, 선생님도 꽃을 얼마나 좋아하는데. 꽃 싫어하는 사람도 있을까?"

"내일은 제가 선생님 좋아하는 꽃을 사다 드릴게요."

"말만 들어도 고맙구나."

교생 선생님은 오늘을 마지막으로 교생 실습을 끝내고 다니던 대학교로 돌아간다. 막내는 빨간 장미꽃을 사다 드리고 싶었는데 집에 피는 과꽃을 꺾어 온 게 못내

여섯 번째 집 이야기

창피하고 부끄러웠다. 학교에 도착하자마자 책상 서랍 깊숙이 꽃다발을 넣은 채 수업을 들었다. 꽃다발을 선생님에게 드릴까 말까 생각하면 가슴이 뛰고 손에 땀이 났다. 수업하는 선생님 목소리도 귀에 들어오지 않았다. 수업이 끝날 때까지 막내는 온통 꽃다발 생각뿐이었다.

드디어 마지막 수업이 끝났다. 교생 선생님은 풍금을 치면서 다음에 또 만나자며 아이들 한 사람 한 사람과 눈인사를 나눴다. 막내는 친구들이 교실을 다 나갈 때까지 기다렸다. 꽃다발을 엉덩이 뒤로 숨긴 채 맨 마지막에 인사를 했다. 막내는 덜덜 떨리는 목소리로 겨우 용기를 내어 "저, 선생님. 빨간 장미꽃 사다 드리고 싶었는데……. 집에 피어 있는 과꽃이 예뻐서 과꽃을……. 꺾어 왔어요." 하고 말하면서 선생님에게 꽃다발을 내밀었다. 사실은 수업 시간 내내 어떻게 이야기를 꺼낼까 궁리하다 마음속으로 여러 번 연습한 말이었다. 선생님은 "우와, 맑음아. 어떻게 내가 과꽃 좋아하는 걸 알았어? 난 빨갛고 강렬한 장미보다는 이렇게 순한 시골 아가씨 같은 과꽃을 좋아해. 시골 우리 집에도 지금쯤 과꽃이 많이 피어 있을 거야." 하면서 활짝 웃었다.

선생님이 좋아하는 걸 보자 막내는 마음이 확 풀리면

서 없던 용기까지 생겼다.

"선생님, 과꽃 노래 큰언니한테 배워서 부를 줄 아는데 저랑 함께 불러요. 반주도 제가 할게요."

"햐, 오늘 내가 좋아하는 과꽃에다 과꽃 노래 선물까지, 정말 고맙구나."

막내는 큰언니랑 자주 불렀던 과꽃 노래를 풍금 반주에 맞춰 선생님과 함께 불렀다.

"올해도 과꽃이 피었습니다. 꽃밭 가득 예쁘게 피었습니다. 누나는 과꽃을 좋아했지요. 꽃이 피면 꽃밭에서 아주 살았죠."

막내는 1절보다 더 좋아하는 2절을 연이어 불렀다.

"과꽃 예쁜 꽃을 들여다보면 꽃 속에 큰언니 얼굴 떠오릅니다. 시집간 지 온 삼 년 소식이 없는 큰언니가 가을이면 더 생각이 나요."

선생님과 헤어진다 생각해 쓸쓸했던 마음이 노래를 부르자 다시 따스해졌다.

선생님과 막내는 함께 노래를 부른 후에도 교정을 한 바퀴 돌아 연못가 바위에 앉아 이런저런 이야기를 나누다 헤어졌다. 막내의 손에는 선생님 학교 주소가 적힌 쪽지가 들려 있었다.

여섯 번째 집 이야기

이야기의
세계

"엄마, 엄마, 엄마!"

"야가 숨넘어가게 왜 그려."

"엄마 저 빨간 표지 책들, 저거 몽땅 누구 거야?"

"누구 거는 누구 거여. 니 거지."

"나무 책꽂이까지 다?"

"그려, 그렇당게. 엄마가 너 주려고 샀어."

"웬일이야, 엄마. 맨날 돈 없다면서."

"니가 볼 책이 없어갖고 언니오빠들 국어 교과서를 봐쌓게 월부로 샀어. 돈 걱정은 말어. 글고 그 유명한 강소천, 박목월, 이원수 선생님이 편집위원으로 참석한 책이라고 형께 암만해도 내용이 좋것지."

"이제 동화책 안 사줘도 돼. 저 책들 다 읽으면 읽고 또 읽고 계속 읽을 거야."

겨울방학이 가까워오던 어느 날, 막내가 학교 갔다 와서 방문을 열자 두 단으로 된 자그마한 나무 책꽂이 속에 책들이 빼곡하게 꽂혀 있었다. 처음에는 언니오빠들 책인 줄 알았던 막내는 책을 빼 보고 나서야 동화책인 걸 알았다. 순간 자신의 것일지도 모른다는 생각에 뛰는 가슴을 진정시키고 엄마에게 달려갔던 거다. 책을 선물 받은 것도 처음인데 한꺼번에 이렇게 많은 책이 생기다니, 꿈만 같았다.

방으로 다시 돌아온 막내는 책등에 적힌 책 제목부터 쭉 훑어보았다. 희랍 신화집, 호머 이야기, 성경 이야기, 세계 우화집, 영국 동화집, 보물섬, 장글 북, 셰스피어 이야기, 올리버 트위스트, 프랑다스 개, 검은 말 이야기, 이상한 나라의 애리스, 엉클톰스 캐빈, 라일락 피는 집, 작은 아씨들, 톰소야의 모험, 한국 고대 소설집, 한국 전래 동화집, 한국 창작 동화집…… 50권이나 되는 책들은 제목만 봐도 가슴이 뛰었다. 시리즈 제목은 '세

여섯 번째 집 이야기

계소년소녀문학전집'이었다. 막내의 낮은 책상 옆에 세워두니 자그마한 도서실 같기도 했다. 바라만 보고 있어도 책과 이야기를 나누는 듯 기분이 좋아졌다.

무슨 책부터 읽을까. 1번부터 차례대로 읽을까, 아니면 재미있어 보이는 책부터 골라 읽을까. 막내는 조금 어렵고 재미없어 보이는 책은 건너뛰고 여섯 번째 책 《보물섬》을 꺼내 들고 아무도 없는 오빠들 방으로 갔다. 짐작대로 《보물섬》은 재미있었다. 막내 또래의 주인공 짐의 활약이 대단했다.

막내는 자신이 마치 주인공이라도 된 듯, 짐이 두려워할 때는 함께 두려워하고 용감하게 외칠 때는 몸에 힘을 주고 함께 외치면서 읽어나갔다. 짐이 커다란 사과통 속에서 외다리 실버 선장이 해적이라는 걸 엿듣다가, 실버 선장과 얘기하던 딕이 사과를 먹으려고 사과통 뚜껑을 열려고 할 때는 심장이 멎는 듯했다. 짐이 배 여기저기 숨어 다니며 해적들의 작전을 살필 때마다 쿵쿵거리는 목발 소리와 함께 실버 선장이 쫓아오는 것만 같았다.

막내는 이불을 둘러썼다. 방문을 확 열고 실버 선장이 들어올 것만 같아 이불 속에서 나와 안에서 문을 잠그고 그것도 모자라 닳아서 하현달 모양이 된 놋숟가락을

문고리에 끼워두었다. 갑자기 문이 덜컥거리는 듯해 "엄마!" 하고 외치며 놀란 가슴을 진정시켰다 읽기도 했다.

배 안의 퀴퀴한 냄새처럼 어디선가 이상한 냄새가 방 안으로 스며들어와 공포감은 더욱 커졌다. 이불 밖으로 코를 내밀고 큰 숨을 쉬며 맡아보니 다행히 익숙한 냄새였다. 엄마는 허리디스크가 있는 작은오빠가 방학을 맞아 서울에서 내려오면 늙은 호박 속을 파고 그 안에 미꾸라지를 잔뜩 넣어 중탕으로 푹 고아서 주곤 했다. 오늘도 오빠들 방 아궁이 위 큰 찜통에서는 비릿하고 눅지근한 냄새가 스며 나와 문틈으로 계속 밀려들고 있었다.

막내는 뒷이야기가 궁금해 두려움에 떨면서도 책을 손에서 놓을 수가 없었다. 가뜩이나 무서운 장면에서 갑자기 문이 심하게 덜컥거리며 큰 소리가 났다. 순간 손에 칼을 든 외다리 실버 선장이 온 게 아닌가 하는 생각에, 막내는 너무 놀라 심장이 떨어져나가는 줄 알았다.

"아, 저녁밥 먹으라고. 몇 번이나 불러도 안 오고, 방문까지 걸어 잠그고 뭐 해!"

짜증 섞인 별언니 목소리다. 별언니는 올해 고등학생이 되었다. 신경질 가득한 별언니 목소리가 이렇게 반가운 적도 없었다. 막내는 여기가 배 안도 아니고 섬도 아니고 오빠들 방이라는 사실에 안도의 한숨을 내쉬었다.

저녁밥을 먹을 때면 언니오빠들한테 치여 말도 제대로 못 꺼내곤 했던 막내가 오늘은 모처럼 수다쟁이가 된다. "음, 《보물섬》을 읽고 있는데, 처음에 좋은 사람인 줄만 알았던 외다리 실버 선장이 실은……" 하고 말을 꺼내는데, "다 알고 있거든? 실버 선장이 해적이라는 거?" 막내 말을 낚아채며 별언니가 퉁명스럽게 이야기한다.

"아녀 아녀, 엄마는 통 그 내용을 모릉께 엄마헌티 이야기해줘, 잉?"

엄마는 막내에게 뒷이야기를 재촉하는 눈길을 보낸다.

그날 이후 막내는 동네 친구들이 집에 놀러 오면 읽은 책 내용을 이야기해주었다. 연극배우라도 된 것처럼 등장인물들 목소리와 몸짓까지 흉내 내가며 신이 나서 이야기했다. 다행히 친구들은 두 눈을 동그랗게 뜨고 막내를 쳐다보면서 "그다음은? 그래서?" 하며 재미나게 들어주었다. 막내가 들려주는 이야기의 재미 정도에 따라 친구들은 책을 빌려 가서 읽기도 했다.

그해 겨울방학 내내 막내는 살얼음이 언 동치미에 찐 고구마를 먹거나 연탄불 위 석쇠에 대떡을 구워 먹어가며 이야기의 세계에 푹 빠졌다.

여섯 번째 집 이야기

누문동
한옥

막내
열한 살부터~

일곱 번째 집
이야기

장독대

찬장 　 찬장

부엌

다락으로 올라가는 문

큰오빠
+
밝은오빠 방

그

대

마

아버지

별언니
+
막내 방

통
래

뒷
마
루

도 방

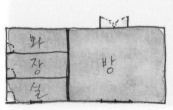

화
장
실

방

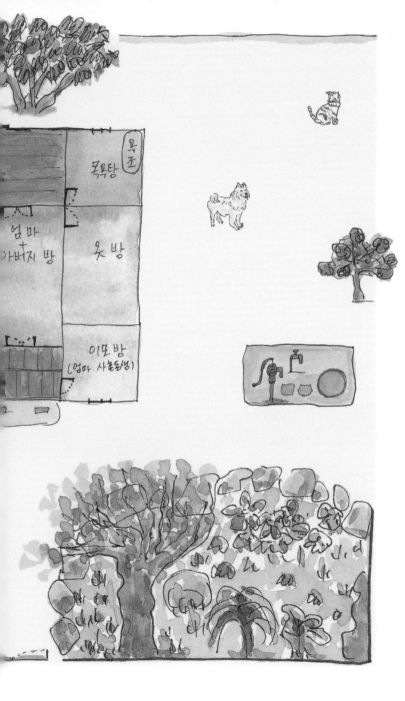

목
조

목욕탕

엄마
+
아버지 방

옷 방

이모방
(엄마 사촌동생방)

우물 안
막내

신안동 집을 비워줘야 할 때가 가까워졌다. 엄마는 그동안 곗돈을 부어가며 모은 돈과 은행에서 빌린 돈 등을 합쳐 집을 보러 다녔다. 신안동보다는 훨씬 번화가에 가까운 누문동의 골목 끝에 있는 적당한 규모의 한옥 한 채를 구했다. 엄마가 결혼한 지 34년, 엄마 나이 쉰네 살이었다. 막내가 태어난 후로 열 번째 집이다. 초등학교 5학년이 된 막내는 거의 일 년에 한 번꼴로 이사를 다닌 셈이다.

엄마는 아버지가 공립학교에서 발령이 날 때마다 대

식구를 데리고 옮겨 다니는 게 힘들다며 이제는 집 걱정
하지 않고 한 곳에 머물고 싶어 했다. 아버지와 엄마는
아버지의 퇴직 연한도 많이 남지 않았으니 발령이 잦은
공립학교보다는 사립학교로 옮기는 것도 생각해보기로
했다. 오랜 고민 끝에 아버지는 자신의 교육 철학과 신
념을 지켜갈 수 있도록 하겠다는 약속을 받고 사립학교
로 옮기기로 했다.

아버지가 자전거를 타고 임동에 있는 사립학교로 첫
출근 하던 날, 엄마는 이제 누문동 이 집에서 떠나지 않
아도 된다며 눈물을 글썽였다.

막내는 누문동 집이 진짜 우리 집이 되었구나,라는 생
각에 새삼 구석구석 둘러보았다. 그동안 살던 집들과 마
찬가지로 앞마당에는 꽃밭이, 뒤란 옥상에는 장독대가
있었다. 장독대 옆에는 커다란 무화과나무가 자라고 있
었다. 무화과를 좋아하는 막내는 무화과나무가 집에 있
는 게 신기했다. 장독대 반대편 뒷마당으로 돌아가자 마
루 밑으로 지하실이 연결되어 있었다. 지하실은 지저분
했지만 아늑했다.

담 사이로 난 모퉁이 길을 돌아 다시 앞마당으로 나
가니 우물이 보였다. 펌프와 수도가 있는데도 두레박 달

일곱 번째 집 이야기

린 우물이 남아 있었다. 우물로 달려가 안을 들여다보니 끝을 알 수 없는 아득함이 느껴졌다. 우물 안으로 막내의 외로움이 쏟아져 내리는 듯했다.

언니오빠들이 많았지만 막내는 늘 외로웠다. 막내가 무언가 걱정하고 마음 아파할 때도 "야야, 그게 고민이라는 거야, 시방? 너도 커봐라. 그래야 인생의 진짜 쓴맛이 뭔가를 알게 되지. 너는 지금 행복한 거야." 하며 다들 대수롭지 않게 여겼다. 막내는 어린아이 취급을 받을수록 말이 없어졌다.

두레박을 던져 우물 바닥에 닿자 막내는 줄을 확 잡아채면서 물을 길어 올렸다. 두레박 안에는 물만 있지 않았다. 이름을 알 수 없는 까만 물고기들이 두레박을 타고 올라왔다. 막내는 이상하게 생긴 물고기들이 두레박 안에서 헤엄치는 걸 들여다보다가 다시 우물 속으로 돌려보냈다.

저 아래 까마득히 내려다보이는 우물 밑바닥은 둘레가 얕았다. 가운데가 깊이 파인, 끝이 보이지 않는 시커먼 곳에서는 물이 샘솟고 있었다. 둥근 우물 벽에 턱을 괴고 물끄러미 아래를 보고 있자니, 막내는 내려가고 싶은 마음이 굴뚝처럼 일었다. 가운데 깊은 곳으로만 빠지지 않으면 괜찮을 성싶었다. 우물 벽은 윗부분만 시멘트로 되어 있고 안쪽 벽에는 굵은 돌들이 쌓여 있었다.

막내는 몸을 돌려 시멘트 벽 맨 위를 두 손으로 붙들고 한 발을 우물 벽 돌멩이 위에 올려보았다. 디딜 만했다. 다른 한 발로 조심스럽게 더 아래쪽 돌멩이 위를 디뎠다. 이끼가 낀 돌은 미끈거리고 두 다리는 후들거렸다. 두 손으로 시멘트 벽을 잡고 버티고 있다가 조심스럽게 몸을 구부려 한 손으로 안쪽 벽 돌멩이를 붙들었다. 온몸이 부들부들 떨렸지만 일단 두 손이 돌멩이를 잡으면서부터는 내려가기가 수월했다. 발을 내디딘 돌멩이가 미끈거릴 때마다 가슴이 철렁했다. 바닥에 거의 발이 닿을 무렵, 굵은 돌멩이 하나가 위에서 빠져나와 막내의 머리 위를 스쳐 우물 한가운데 깊은 곳으로 풍덩, 하고 떨어졌다. 머리를 맞지 않은 게 다행이었다.

드디어 우물 바닥에 내려섰다. 종아리까지 올라오는 우물물은 따스했다. 위에서만 바라보던 우물 속 찰랑대는 밑바닥을 가까이서 들여다보는 희열은 뭐라 표현할 수 없었다. 무엇보다 막내는 밖으로부터 단절되어 혼자 있다는 게 좋았다.

막내는 바깥 소리를 아스라이 멀리한 채 우물 속 고

요와 마주했다. 조금 있으니 마치 또 다른 자신과 단둘이 있는 듯한 묘한 기분이 들었다. 그렇게 아무 소리 내지 않고 오래도록 있다 보면 두레박으로 건져 올렸다가 내려주었던 까만 물고기들이 발등을 간질였다. 가운데 깊은 곳은 아무리 눈을 크게 뜨고 보아도 밑바닥이 보이기는커녕 온통 새까맣기만 했다. 그래도 막내는 우물이 무섭지 않았다.

그날 이후 우물은 막내만의 비밀 장소가 되었다. 엄마에게 야단맞거나 속상한 일이 생길 때면, 언니오빠들이 귀찮게 하거나 심부름을 자주 시킬 때면, 까닭 없이 마음이 울적할 때면 슬그머니 우물 속으로 들어갔다. 막내를 부르는 엄마의 걱정스러운 목소리를 듣고도 나가지 않았다. 밖이 조용해질 때까지 기다려 아무도 보지 않을 때 슬그머니 나갔다. 우물에서 나올 때면 막내는 무엇 때문에 속상했던가를 까맣게 잊어버렸다.

방송반
사건

"강맑음, 강맑음, 아직 집인가? 교실 들르지 말고 지금 바로 방송실로 오기 바란다아. 강맑음, 강맑음, 듣고 있나? 지금 바로 방송실로 오기 바란다아."

임 선생님이 학교 운동장에 울리는 방송실 마이크를 통해 막내를 부르는 소리다. 임 선생님은 막내네 집이 학교 건너편에 있다는 걸 알고 있다. 막내가 아직 학교에 도착하지 않았다는 걸 전해 들은 선생님이 마이크에 대고 큰 소리로 막내를 부른 것이다. 그러지 않아도 막내는 또 늦잠을 자서 아침밥도 챙겨 먹지 못하고 허겁지

일곱 번째 집 이야기

겁 엄마에게 머리를 빗겨달라 하던 참이었다.

막내는 머리도 제대로 묶지 못한 채 책가방만 들고 뛰었다. 집이 바로 학교 코앞이라 육교만 건너면 되는데도 아침잠이 많아 방송실에 가는 게 항상 늦었다. '에휴, 내가 정말 아침 방송 끝까지 안 한다고 버텼어야 했는데.' 하며 후회해봤지만 때는 이미 늦었다. 학교뿐만 아니라 온 동네에 방송이 다 나가 막내는 창피하고 부끄러워 미칠 지경이었다.

방송반 임 선생님은 막내가 수창초등학교로 전학 갔을 때 4학년 담임이었다. 시집간 향금이 언니를 많이 닮아 막내는 향금이 언니의 숨겨놓은 언니가 아닐까, 생각했었다.

해를 넘겨 봄방학을 앞둔 어느 날, 선생님은 아이들을

둘러보며 말했다.

"올해부터 학교 방송을 내가 맡게 되었다. 그래서 아침 방송을 진행할 사람을 뽑아야 하는데 순실이 네가 해볼래? 억양이 또록또록해서 전달력이 좋고 목소리 톤도 적당하니까 네가 하면 어떻겠니, 응?"

"선생님, 저는 집이 송정이어서 매일 아침 학교 일찍 오는 게 힘들 거 같은데요."

선생님의 말에 순실이가 대답했다. 그러자 선생님은 망설이는 기색도 없이 또 물었다.

"그래? 그럼 학교 바로 길 건너 집으로 이사 온 맑음이가 해볼래? 참, 맑음이 너는 사투리도 잘 안 쓰지 않냐."

막내는 엉겁결에 "네에? 선생님, 저, 저, 저 사실은 집에서 사투리 엄청 쓰는디요." 하고 대답했다.

"너, 왜 갑자기 안 쓰던 사투리를 쓰고 그러냐, 엉? 강맑음, 네가 일단 한 학기만 아침 방송 진행하는 걸로 하자, 알았지?"

"아, 저는, 저는, 사실은 사투리도 많이 쓰고, 그리고 아침에 늦잠……" 하고 대답하는데 선생님이 막내 말을 끊었다.

일곱 번째 집 이야기

"아, 알았어. 일단 며칠 해보다가 정 안 되면 또 연구해보자고."

막내는 갑자기 아버지가 원망스러웠다. 국문학을 전공한 아버지는 막내가 엄마하고 편하게 이야기하고 있을 때도 갑자기 "맑음아, 잠깐 오너라." 한다.

"맑음아, 방금 참외라고 했지? 다시 해보거라."

"참에요."

막내의 말에 아버지는 "옳아 옳아, 참에가 아니라 참외에에다, 알았느냐? 다시 해보거라." 한다.

"참에."

"어허, 참. 참에가 아니라 참외에에라고 해도 그러는구나. 입술 모양을 이렇게 닭 똥구멍처럼 만든 후 그다음에 소리를 내보려무나."

막내가 참외를 정확히 발음할 때까지 아버지의 발음 교정은 계속되었다. 그뿐만이 아니었다. 의자, 예수님, 예루살렘, 내 것 네 것, 우뢰, 얘들아 등 이런 단어들이 아버지 귀에 들리는 날이면 여지없이 아버지는 "맑음아." 하고 부르곤 했다.

그렇게 해서 새 학년이 시작된 3월부터 막내는 느닷

없이 학교 아침 방송을 맡게 되었다. 아침마다 교실에 도착하자마자 책가방을 휙 던져놓고 교실 정 반대편에 있는 방송실까지 뛰었다. 선생님들한테서 복도에서 뛰지 말라는 호통을 듣기 일쑤였다. 학교 건물은 운동장을 가운데 두고 디귿 자 형으로 지어졌는데 5학년 막내네 교실은 주택가가 있는 오른쪽 맨 끝이고 방송실은 대로변 쪽인 왼쪽 끝에 있었다. 그래서 선생님들이 있는 교무실, 교장실, 서무실, 과학실 등을 다 지나가야만 했다. '교실에서 방송실까지 왜 이렇게 먼 거야. 내가 늦을 때마다 여차하면 마이크로 나를 부르려고 일부러 우리 집 쪽에 방송실을 만든 걸까.' 하는 의구심마저 들었다. 평소의 이런 의구심이 오늘 바로 현실로 닥친 것이다. 실제로 선생님이 마이크에 대고 막내를 부를 거라고는 상상도 못 했다.

오늘은 교실도 들르지 못하고 책가방을 든 채 바로 방송실로 갔다. 방송 시작을 겨우 일이 분 앞둔 시각이었다. 아침 방송은 주로 그날그날 어린이신문에 실린 동화나 산문, 시를 읽어주거나 특별한 날에는 선생님이 짜준 시나리오대로 선생님과 이야기를 나누는 방식이었다. 늦어도 방송 시작 20분 전에는 도착해서 연습을 하고 방송을 했다. 하지만 오늘은 연습할 시간은커녕 방송을 할 수 있게 된 것만으로도 다행으로 여겨야 했다.

선생님은 험상궂은 얼굴로 아무 말 없이 막내에게 '어린이신문'을 건네면서 빨간 색연필로 표시를 해둔 동화를 읽으라고 했다.

방송 기계에 빨간 불이 켜졌다. 정신없이 달려와서 잡은 마이크 앞에서 막내는 갑자기 머릿속이 하얘졌다. 아침마다 수없이 해왔던 인사 멘트도 생각나지 않았다. 선생님은 눈짓으로 빨리 하라고 독촉했다.

"음……. 뭐냐……. 수창 어린이 여러분, 안녕? 오늘도 모두 즐거운 학교생활! 오늘은 어린이신문에 실린 재미난 동화를 읽어줄게. 제목은 엄마의 소원. 바람이 세차게 부는 어느 날이었다. 엄마가 시장에서 물건을 다 팔고 돌아올 시간인데도 오지 않았다. 향이는 걱정이 되기 시작했다. 집 밖으로 나가 전봇대 밑에서 엄마를 기다렸다. 얼마나 지났을까, 멀리서 컴컴한 어둠을 뚫고 엄마가 절뚝거리며 걸어오는 게 보였다……."

어떻게 방송을 했는지 방송이 언제 끝났는지도 모른 채 멍하게 앉아 있는 막내의 등을 누가 툭 쳤다. 임 선생님이었다. 깜짝 놀란 막내에게 선생님은 "뭐가 재미난 동화냐? 슬퍼서 눈물이 쏙 빠지는 줄 알았다야. 오늘처럼 늦는 일 없도록 해라잉?" 하고 말했다.

막내는 큰 실수를 했구나, 하는 생각에 얼굴이 화끈 달아올랐다. 선생님은 내일부터 아침 방송 그만두라는 말은 끝내 하지 않았다. 막내는 온 동네에 이름이 불린 것도 창피한데 연습 없이 한 방송에서 실수한 게 더 창피했다. 그 뒤로 선생님이 마이크에 대고 막내를 찾는 일은 없어졌다.

보리와 찐,
그리고 죽음

"어떻게 해. 큰일 났네, 큰일 났어. 호적 초본을 찐이다 물어뜯어놨어! 찐 어딨어? 너 오늘 죽었다. 매 좀 맞아봐라, 엉?"

별언니는 머리끝까지 화가 나 긴 대나무 간짓대를 들고 찐을 찾았다. 별언니는 학교에 제출해야 할 호적 초본이 우편으로 배달되기를 기다리던 중이었다. 기한 내에 제출해야 해서 노심초사 기다렸는데 드디어 오후에 도착했다. 하지만 우편배달부 아저씨가 대문에 붙어 있는 편지함에 봉투 여러 개를 한꺼번에 쑤셔넣어서 그랬는지 하필 호적 초본이 든 노란 봉투만 편지함 틈으로 빠져나와 땅에 떨어졌다. 그걸 찐이 갈가리 찢어놓은 것이다.

벌언니의 화난 목소리에 찐은 잔뜩 주눅이 들었다. 마루 밑 맨 안쪽까지 기어들어가 몸을 웅크렸다. 찐을 찾아낸 벌언니는 간짓대를 마루 밑 끝까지 밀어넣었다.

"왜 찢었냐고, 왜왜왜! 이렇게 소중한 걸 보면 몰라, 엉?"

벌언니는 간짓대를 찐 앞에서 휘둘렀다. 찐은 낑낑대기 시작했다. 아까부터 이 모습을 지켜보던 보리가 갑자기 마루 밑으로 기어들어가 찐을 가로막고 엎드렸다. 그러고는 벌언니가 휘두르는 간짓대를 입으로 살짝 물면서 두 다리를 앞으로 모으더니 머리를 조아렸다. '벌언니, 찐 때리지 말아요. 차라리 제가 맞을게요.'라고 말하는 듯한 보리의 표정을 보고 벌언니는 화를 가라앉혔다. 간짓대를 보리 입에서 슬며시 빼며 말했다.

"너는 꼭 사람 같아. 아니 어떤 때는 사람보다 더 나은 것 같아. 알았어, 알았다고. 찐 안 때릴 테니까 안심해, 보리야."

보리는 아버지와 같은 학교의 선생님 중 진도가 고향

인 선생님이 진도에서 데려온 진짜 진돗개였다. 새끼 때부터 다른 개들과는 달랐다.

입실로 고쳐 가스레인지를 쓰기 전까지 막내네 부엌은 아궁이가 있는 흙바닥이었다. 엄마가 부엌에서 맛난 음식을 만들 때면 찐은 열린 부엌문 앞에 앉아 고개를 들이밀고 킁킁 냄새를 맡았다. 부엌 바닥에 음식이 떨어지기라도 하면 눈 깜짝할 사이에 들어와 주워 먹었다. 그럴 때마다 엄마는 "찐! 음식 만드는 부엌으로 들어오면 안 돼! 알았지!" 하며 찐을 혼냈다.

부엌 바닥에 음식을 많이 쏟은 어느 날, 엄마가 "찐, 오늘은 할 수 없다. 이리 들어와서 먹어라." 하자 찐은 쏜살같이 부엌으로 들어와 음식을 핥아 먹었다.

"보리야, 너도 이리 와서 이거 먹어라잉."

앞마당에 있던 보리는 엄마가 부르는 소리에 얼른 부엌문 앞으로 달려왔다. 부엌으로 들어와 바닥에 떨어진 음식을 먹으라는 엄마 말에 안절부절 어쩔 줄을 몰라 했다. '제가 어떻게 음식 만드는 부엌에 들어가요. 그건 아니지요. 어휴, 전 못 들어가요.' 하는 듯 난처한 얼굴로 고개를 갸웃거렸다. 보리는 끝내 부엌으로 들어오지 않았다. 엄마는 부엌 바닥에 떨어진 음식을 손으로 주워 보리에게 던져주며 한마디 한다.

"너는 어찌 그리 예의범절이 바르냐잉."

어느 날, 밥도 안 먹고 시름시름 앓던 찐이 걱정되어 엄마는 찐을 데리고 병원에 갔다. 의사 선생님은 찐이 간염에 걸렸는데 함께 기르는 개가 있으면 감염되었을 가능성이 크니까 그 개도 데려오라고 했다. 엄마는 보리도 병원에 데려갔다. 검진을 마친 의사 선생님은 "아니, 보리 이 녀석이 찐보다 훨씬 증세가 심한데 어찌 이리 내색을 안 했을까요?" 한다. 의사 선생님은 보리에게는 약을 한 알씩 더 먹이라고 일러주었다. 다행히 찐과 보리는 약을 먹고 다시 건강해졌다.

건강을 되찾은 찐은 안타깝게도 사랑 때문에 목숨을 잃었다.

날마다 오후 4시만 되면 쓰레기 버리라고 청소부 아저씨가 종을 울리고 다녔다. 막내가 사는 골목길까지 구석구석 다니며 종을 울렸다. 종이 울리면 온 동네 사람들이 쓰레기통을 들고 청소차로 가서 쓰레기를 버렸다.

쓰레기 버리는 시간에 집집마다 대문이 열리면 개들도 밖으로 나왔다. 개들이 자유롭게 돌아다닐 수 있는 유일한 시간이었다. 그 시간을 이용해 집을 탈출한 하얀 개 한 마리가 어느 날 찐과 함께 막내네 집으로 들어왔다. 서로 노는가 싶더니 둘은 사랑을 속삭이기 시작했다. 찐과 보리는 수컷이니까 막내네 집에 온 하얀 개는 암컷임에 틀림없었다. 하얀 개는 찐과 같은 종자였다.

저녁이 되자 엄마는 "이제 너희 집으로 가라잉?" 하며 대문을 열어 하얀 개를 내보냈다. 하지만 하얀 개는 자기 집으로 돌아가지 않고 늦은 밤까지 대문 틈새로 찐과 콧김을 나누며 애틋한 사랑을 주고받았다. "느그들도 차말로 사랑이 뭐라고 그리 애달퍼쌌냐." 하며 엄마는 하얀 개가 안쓰러워 밤에 다시 대문을 열어주었다.

찐과 하얀 개가 막내네 집에서 함께 지낸 지 며칠이 지났다. 엄마는 아무래도 안 되겠는지 청소차 종이 울리자 하얀 개를 안고 나갔다. "이 개, 누구 집 거요? 몇 날 며칠 우리 집에 들어와 살고 있는디 쫓아내도 안 가고, 사랑의 힘이 어찌나 센지……" 하고 웃으며 한참 동안 주인을 찾아다녔다. 드디어 쓰레기를 버리러 나온 어떤 아줌마가 엄마 품에 안긴 하얀 개를 보고 반기며 다가왔다.

"오메 오메, 야가 그렇게 찾아댕겨도 없어서 난 꼭 누가 데려가분 줄만 알았는디, 사랑을 찾아 그리 갔었네요

잉. 아이고, 잘 보살펴주셔서 차말로 감사해요."

　그날 이후 청소차 종이 울릴 시간만 되면 하얀 개와 찐은 서로의 대문 앞에서 안절부절못하고 있다가 대문이 열리기가 무섭게 사랑을 찾아 뛰쳐나가곤 했다. 어느 날, 결국 그렇게 급히 달려나간 찐은 청소차에 치여 세상을 떠났다.

　막내는 엉엉 울고 별언니를 비롯해 온 가족은 슬픔에 잠겼다. 찐의 모습이 주마등처럼 스쳐 지나갔다. 나비랑 놀고 싶어 다가갈 때마다 나비는 싫다며 찐의 코를 할퀴어 까만 코에서 피가 나곤 했던 걸 생각하니 막내 눈에서는 또다시 눈물이 주르륵 흘렀다. 찐과 함께했던 추억들까지 사라지지 않아서 다행이었다. 아니 오히려 찐의 모습은 막내의 마음속에서 더욱 또렷이 살아났다.

　초등학교 5학년이던 막내는 찐의 죽음을 계기로 '죽음'이라는 단어가 가슴에 와 박히는 걸 느꼈다. 막내는 어렸을 적부터 많은 죽음을 보아왔다. 사랑하는 할머니도 백구도 엄마 염소도 고양이도 밤비도 닭들도 죽었다. 그때마다 슬펐다. 이번에 찐의 죽음은 슬픔으로만 끝나지 않았다. 죽음은 기괴한 형상이 되어 막내 마음속으로 성큼성큼 걸어 들어왔다.

'아, 찐은 사고로 죽었지만 모두가 언젠가는 죽겠지? 동물이건 사람이건 죽으면 어디로 가는 걸까? 죽어서 어디로 가더라도 이 세상과는 끝이겠지? 다시는 찐을 볼 수 없으니까. 사랑하는 엄마 아버지와 언니오빠들, 그리고 나도, 어느 날, 다 죽는구나.'

자다가도 그 생각에 사로잡히면 잠이 깨어 천 길 낭떠러지로 떨어지는 것만 같았다. 언젠가 지금의 엄마 아버지를 볼 수 없다는 건 상상할 수 없다. 언니오빠들도 언젠가는 만날 수 없다니 있을 수 없는 일이다. 더더욱 막내 자신이 죽어 이 세상에서 사라진다는 건 밑이 보이지 않는 캄캄한 구멍을 들여다보는 듯 끔찍했다.

막내는 잠을 이루지 못하고 이불 속에서 혼자 뒤척이는 날이 많아졌다. 초등학교 5학년 막내에게 찐의 죽음은 그렇게 자신의 문제로 다가왔다.

신비한
음료

"막내야, 얼음집 가서 얼음 좀 사와라잉."

막내네 집은 연탄 아궁이가 있던 흙바닥 부엌을 입실로 만드는 공사를 하는 중이다. 더운 여름이라 공사하는 아저씨들이 땀을 뻘뻘 흘린다. 엄마는 1리터들이 주전자에 막걸리를 받아 와 커다란 양은 다라이에 콜라와 함께 부은 후 미리 넣어둔 흑설탕이 녹을 때까지 젓는다. 그러면서 막내에게 얼음 사 오라고 심부름을 시킨 것이다.

막내는 골목을 나와서 바로 길 건너편에 있는 얼음집

으로 달려갔다. 주인아줌마는 냉동실에 있는 커다란 얼음을 톱칼로 썩썩 썰어 떼어낸 후 줄로 묶어준다. 커다란 투명상자 같은 얼음에 손이 닿자 더위가 싹 달아날 정도로 차갑다.

마루에서 다라이를 젓고 있던 엄마는 막내가 가져온 얼음덩이를 통째로 풍덩, 넣고 다시 휘휘 젓는다.

"아저씨들, 잠깐 여그 와서 목들 축이고 일들 허쇼잉."

엄마 말에 뒤란에서 일하던 아저씨들은 "예, 좋지라잉." 한다. 아저씨들은 엄마에게서 스테인리스 대접을 받아 들고 다라이에서 막걸리를 떠 목을 축인다.

"여그 김치랑 두부도 있응께 같이 드셔감서……."

마루 한쪽에서 그 모습을 보고 있던 막내는 침을 꼴깍 삼킨다.

엄마가 막내를 향해 "막내야. 너도 한 모금 마셔봐라. 막걸리긴 헌디 콜라도 넣고 얼음도 채웠응께 괜찮을 거여." 하며 한 잔 떠준다. 막내는 엄마에게 받은 막걸리를 시원한 맛에 숨도 안 쉬고 단숨에 마셨다.

"와따, 어린것이 술 잘 묵네."

"머시, 이거이 술이간디 음료제."

아저씨들 말에 엄마는 이렇게 말하며 막내에게 한 잔 더 권한다.

"그리 맛있으믄 쪼끔 더 마실래?"

막내는 두 잔째는 천천히 음미하며 마신다. 걸쭉한 막걸리 맛에 콜라의 톡 쏘는 맛이 더해져 지금까지 마셔 본 어떤 음료와도 비교할 수 없는 야릇한 맛이 난다. 무엇보다 입안에 들어가자마자 진득한 단맛이 느껴져 좋았다.

그 뒤로 날이 유난히 더울 때면 막내는 엄마를 조른다.

"엄마, 그 음료. 또 만들어 먹자."

"머시 어렵것냐. 막걸리는 오빠헌티 받아 오라 헐 팅게 언능 가서 얼음만 사 와라."

엄마가 다라이에 얼음을 채우고 만든 음료를 마루에 두면 여름날 언니오빠들이랑 막내는 오며 가며 떠서 마셨다. 명실공히 막내네 여름 음료로 정착하게 된 것이다.

막내가 알코올이 섞인 음료를 마신 건 이번이 처음이 아니었다.

엄마는 등산을 좋아하는 아버지를 위해 산에서 마실 과실주를 담갔다. 독실한 기독교 신자였던 엄마는 성경에 나오는 포도주만큼은 한 해도 거르지 않고 담갔다.

포도와 설탕만 섞었기 때문에 절대 술이 아니라며, 그래서 음주가 금지된 교회에서도 포도주로 성찬식을 하는 거 아니냐며, 성스러운 음료 다루듯 포도주를 만들곤 했다.

엄마는 포도와 설탕을 켜켜이 섞어 항아리에 담아 지하실에서 숙성시켰다. 석 달 정도 지나면 항아리 속 포도만 건져냈다. 엄마는 건져낸 포도를 버리기 아깝다며 삼베 천에 담아 일일이 손으로 즙을 짰다. 일손이 부족해 어린 막내에게도 삼베 천을 쥐여주었다. 엄마는 짜고 남은 포도 찌꺼기도 버리기 아깝다며 짜는 내내 입에 넣고 오물거리며 마당으로 씨를 퉤퉤 뱉었다. 막내도 엄마 따라 포도 찌꺼기를 입에 넣고 오물거리다 씨를 퉤퉤 뱉었다. 그러다 보면 어느 순간 파란 가을 하늘이 고추잠자리처럼 뱅뱅 돌며 붉어지다 급기야 캄캄해지곤 했다. 막내는 즙을 짜다 말고 마루에 그대로 쓰러져 잠이 들었다.

막내 집에서 포도주는 절대 술이 아니다. 신령한 약이었다. 아버지는 주말마다 등산 준비를 할 때면 "맑음아, 약 챙기거라." 했다. 이 말은 곧 막내에게 산에 갈 준비를 하라는 신호였다. 막내는 엄마가 담근 포도주를 수

통에 담아 배낭에 챙겼다. 포도주가 떨어지면 그 약은 때론 인삼주가 되고 때론 엄마가 만들어놓은 또 다른 알 수 없는 신비한 음료가 되기도 했다. 중요한 건 아버지와 등산할 때면 늘 약을 준비했다는 거다. 산에 올라 아버지와 막내는 즐거이 그 약을 마셨다.

시장의
냄새

하늘을 쳐다보니 시커먼 구름이 물을 가득 머금고 있
다. 늦은 오후인데도 어두컴컴한 게 곧 비가 쏟아질 것
같다. 막내는 마루에 앉아 그런 하늘을 멍하니 보고 있
다. 엄마는 커다란 시장바구니와 우산을 챙겨 든다.

"엄마, 장 보러 가게?"

"그려, 곧 명절이라, 머시냐 오늘은 홍어도 좀 사야 쓰
것고 살 것이 많응께 비 쏟아지기 전에 언능 가자."

음식을 오래 보관해둘 냉장고가 없어, 시장 가는 건
어쩌다 있는 일이 아니었다. 시장 갔다 오는 길에 산통

일곱 번째 집 이야기

을 느끼고 작은오빠를 낳았을 정도로 시장 가는 건 엄마에게 일상이었다. 막내는 엄마 따라 시장을 다니면서 왜 엄마가 시장 간다 하지 않고, 장 보러 간다고 하는지 알 것 같았다. 정말 시장에 가면 볼 게 많았다.

시장의 왁자지껄한 소리는 경쾌하기까지 해서 아무리 들어도 시끄럽지 않다. 엄마랑 단둘이 있다는 것도 막내에겐 덤으로 얻는 즐거움이다. 시장에서의 엄마는 바빠서 허덕이는 평상시 모습과 달랐다. 물건 파는 아줌마, 아저씨 들과 허물없이 이야기를 나누며 흥정하는가 하면 때로는 가벼운 실랑이를 벌이기도 했다. 좋은 물건을 싼값에 많이 받아내려는 의지로 가득 찬 엄마의 눈동자는 여느 때보다 생동감 넘치고 활기찼다.

"엄마, 도라지 천 원어치를 그렇게나 많이 받고, 그 아줌마 남는 것도 없겠다."

"아녀. 자기들은 직접 해남서 떼 온다고 안 허냐. 그렁께 이렇게 많이 줘도 남는 장사여. 괜찮혀."

엄마가 흥정 결과에 흐뭇해하는 순간을 놓치지 않고 막내는 엄마에게 이런저런 이야기로 수다를 떤다. 엄마는 넉넉한 미소를 띠며 막내의 이야기에 모처럼 여유 있게 대꾸한다. 그러다가도 좋은 물건을 발견하면 금세 종종걸음을 친다. 엄마는 나물 한 가지를 사더라도 단골 아줌마네 물건이 시원찮으면 여러 곳을 둘러보았다. 꽁치 몇 마리를 사더라도 시장 안 어물전을 두루 돌아보고 결정을 내렸다. 엄마가 물건을 고르고 흥정에 몰두하고 있을 때 막내는 온갖 채소와 과일, 좌판에 늘어져 있는 참빗, 머리핀, 형형색색의 양말, 속옷 등과 어물전 생선들을 구경하기에 바빴다.

막내는 어물전을 좋아했다. 펄떡거리며 살아 있는 생선들을 보고 있으면 시간 가는 줄 몰랐다. 바글거리며 꿈틀대는 미꾸라지, 커다란 다라이 안에서 느릿느릿 기어 다니는 자라, 늘 웃고 있는 마름모꼴 홍어, 빨간 비늘이 반짝반짝 빛나는 도미, 고개를 들어 보면 대롱대롱 매달려 있는 말린 피문어. 도미를 보면 불쌍한 생각이 먼저 든다. 큰언니와 피아노 치면서 함께 불렀던 노래 가사가 생각나서다. 엄마가 도미를 사지 않은 건 참 다행이다. 어느새 엄마는 저만치 앞서가고 있다.

드디어 비가 후두둑 떨어진다. 비 오는 날이면 시장은 하늘을 천장 삼아 막내에게 또 다른 모습으로 다가온다. 우산을 쓰고 엄마 뒤를 따라 길바닥이 질퍽한 시장을 돌아다니면 시장의 냄새는 여느 때와 달랐다. 공기는

일곱 번째 집 이야기

눅눅하고 칙칙했으며 냄새에는 짭조름한 맛이 배어 있다. 어릴 적부터 비 맞는 걸 좋아했던 막내는 오늘처럼 비 오는 어스름한 늦은 오후, 엄마 따라 시장 오는 게 즐겁다.

장을 다 본 엄마는 묵직한 시장바구니를 막내와 나누어 들고 잠시 쉬어 갈 겸 전집 앞 의자에 앉았다. 막 지져낸 부추전을 엄마랑 같이 먹으며 이야기를 나누니 시간이 정지한 것 같다. 천막 사이로 쳐다본 하늘은 회색빛이지만 우울하지 않다. 엄마의 치마폭에서 풍기는 엄마의 고소한 냄새까지 섞인 시장 냄새는 비라는 향료가 뿌려지면서 요술 램프에서 나오는 연기처럼 막내의 가슴을 설레게 한다. 삶의 냄새라는 게 있다면 바로 이런 냄새일 거야. 막내는 그런 생각이 들었다.

엄마는 시장에서 돌아오자마자 사 온 채소 등을 정리한 후 홍어를 다듬었다. 홍어의 넓죽한 배를 갈라 애를 꺼냈다. 와, 홍어 애는 내장 한 귀퉁이에 조그맣게 붙어 있는 게 아니라, 홍어의 넓적한 한 면을 완전히 덮고 있을 정도로 컸다. 막내는 처음 홍어 애를 봤을 때 그 크기에 놀랐다. 엄마가 막 끄집어낸 홍어 애를 조금 잘라 기름소금에 살짝 찍어 먹고 앞에 앉아 구경하던 막내에

게도 먹여주던 날이 떠오른다.

"으아, 엄마, 비위 상해. 흐물거리며 혀에 닿는 게 이상해."

"아녀, 씹어 먹어봐. 너도 곧 고소하다고 또 달라 헐 것잉게."

과연 엄마 말대로 홍어 애는 먹을수록 고소했다.

오늘도 막내는 홍어 애가 먹고 싶어 엄마가 홍어를 다듬고 있는 도마 앞에 다가앉았다. 애와 내장을 뺀 홍어는 항아리 속에 넣었다. 일주일 정도 그대로 두면 고약한 냄새가 나면서 서서히 삭혀질 것이다.

비 오는 저녁, 온 가족이 모여 엄마가 끓인 홍어앳국을 먹는다. 날것의 싱그럽고 고소한 홍어 애 맛은 들큼하고 진득한 맛으로 변했다.

"아따, 엄마는. 홍어앳국은 좀 짜고 매워야 하는데 너무 싱거워."

얼큰한 걸 좋아하는 큰오빠가 홍어앳국에 고춧가루를 치며 한마디 한다. 엄마는 봄에는 보리순을 넣지만 지금처럼 보리순이 없을 때는 묵은 김치와 말린 무청을 삶아 넣어 된장국으로 끓였다. 비 오는 날의 시장이 경쾌한 음악이 흘러나오는 라디오 같다면, 홍어앳국은 막내의 서글픔과 쓸쓸함, 외로움 같은 걸 어루만지고 다독여주는 엄마의 치마폭 같다.

다락방
사색

"언니가 하기 싫은 거 나도 하기 싫다고. 왜 나만 시키
냐고."

"네가 막내니까. 막내는 언니오빠들 심부름을 해줄
의무가 있으니까."

말도 안 되는 논리를 펴는 별언니 때문에 막내는 요즘
말대답을 꼬박꼬박하기 시작했다.

"이렇게 춥고 눈이 펑펑 내리는 날엔 나도 대문 열러
나가기 싫은데 어떡하지?"

"어휴, 가시내. 쬐끄만 게 언니 말에 꼬박꼬박 말대답

이나 하고. 네가 방문 쪽에 앉았으니까 대문에 더 가깝
잖아. 그러니까 열러 나가라고!"

"나 이제 다 컸거든? 안 쬐끄맣거든? 고등학생이면 다
야?"

결국 아랫목 이불 속에서 책을 보던 별언니는 막내에
게 다가와 머리에 꿀밤을 세게 먹인다. 막내는 화가 머리
끝까지 치밀어 방문을 있는 힘껏 쾅 닫고 대문을 열러
나간다. 대문을 열자마자 밝오빠는 이렇게 추운데 늦게
열어주면 어떻게 하냐며 대뜸 막내에게 큰소리로 화를
낸다. '식구들이 올 때마다 꼭 내가 대문을 열어야 해?'
하는 말이 목구멍까지 올라왔지만 막내는 참는다.

가을만 돼도 우물 안으로 들어가 꽁꽁 숨어버리면 되
는데 눈이 내리는 겨울이다. 이럴 때 막내가 찾아낸 또
하나의 비밀 공간이 있다. 바로 큰오빠와 밝오빠 방에
연결되어 있는 다락방이다. 막내는 밝오빠가 교복을 갈
아입고 뭔가 먹으려고 부엌으로 간 틈을 이용해 오빠들
방문을 살며시 열어본다. 아무도 없다. 큰오빠는 밤늦게
들어오기 때문이다.

막내는 오빠들 방으로 들어가 다락방 문을 열고 삼단
으로 된 나무 계단을 올라간다. 부엌 천장 위 다락방은

일곱 번째 집 이야기

겨울에도 춥지 않다. 다락방은 등산을 좋아하는 아버지의 보물창고이기도 하다. 흡사 등산용품점을 방불케 할 만큼 등산 도구들이 꽉 들어차 있다. 나침반만 해도 기기묘묘한 모양의 것이 여럿 있고, 크기와 기능이 다른 코펠과 버너도 많다.

물건들이 꽉 차 있어, 막내가 쭈그리고 앉을 수 있는 공간이 있을까 싶을 정도지만 막내에게는 혼자 있을 수 있는 훌륭한 피신처였다. 막내는 언니오빠들 잔소리와 구박이 갈수록 싫었다. 왜 모두가 막내인 나만 괴롭히는 걸까, 하는 생각에 미치자 엄마까지 미워졌다. 해가 짧아지는 겨울, 친구들과 놀다 집에 오면 오후 여섯 시도 안 됐는데 어둑해지기 전에는 들어오라며 혼내는 엄마. 왜 내 마음을 이해해주려고 하지 않는 걸까. 언니오빠들 말대로 난 다리 밑에서 주워온 걸까. 막내는 그동안 섭섭했던 일들이 주마등처럼 떠올라 눈물이 차올랐다.

얼마나 울었을까, 무릎에 파묻었던 고개를 들어 보니 바로 옆에 아버지, 별언니, 밝오빠, 막내의 등산화가 옹기종기 모여 있다.

'지난 주말 아버지랑 무등산 갈 때 신었던 등산화를 아버지가 이리 다 깨끗하게 닦아 여기 두었네?'

그 옆으로는 서울 을지로에 있는 K2 수제 등산화점에서 주문 제작한 아버지의 가죽 등산화도 몇 켤레 얌전히 놓여 있다. 아버지는 다른 곳에는 돈을 쓰지 않지만 등산용품만큼은 돈을 아끼지 않았다. 별언니, 밝오빠와 막내는 겨울 등반 때면 겨울용 두툼한 반스타킹을 두 벌 정도 껴 신고, 달타냥이 칼싸움 할 때나 입었을 법한 단추 달린 두꺼운 칠부 바지를 입었다. 구하기 어려운 이런 등산복을 아버지는 어디서 구했을까.

아버지는 긴 산행 준비를 할 때면 다락방을 하루에도 몇 번씩 오르내렸다. 4박 5일 정도의 방학 산행에는 별언니, 밝오빠, 막내가 자주 동행했다. 배낭에 챙겨야 할 짐들을 배분하는 일도 아버지의 몫이었는데, 막내 배낭의 무게는 막내가 감당하기에는 만만찮게 무거웠다.

"아버지, 왜 제 배낭은 이렇게 무거워요?"

막내의 가벼운 항의에 아버지는 이렇게 대답했다.

"네 짐은 점점 가벼워질 것이니라."

4박 5일 동안 먹을 음식 재료와 도구들로 꽉 찬 별언니와 밝오빠의 배낭과 달리, 막내 배낭엔 쌀만 가득했기 때문이다. 배낭은 점점 가벼워졌지만 눈 쌓인 겨울 산행은 갈수록 힘들었다. 겨울방학 산행은 편안하고 다정한 무등산을 떠나 전국의 명산 순례로 이어졌다. 설악산의 꽁꽁 언 위험한 벼랑길을 지날 때면 막내는 아이젠을 하고서도 두려움으로 온몸이 떨렸다. 아버지가 앞장을 서고 바로 뒤에 막내, 막내 뒤에 별언니와 밝오빠가 뒤따랐다.

아버지는 아무리 위험한 빙판길이 나와도 앞서갈 뿐, "이곳, 조심해라."라는 한마디 외엔 뒤돌아보는 법이 없었다. 한 발 한 발 앞으로 내디뎌야 할 막내의 발걸음은 막내가 결정해야 했다. 그렇게 무서워 벌벌 떨며 다닌 산도 내려오면 또 가고 싶었다. 아버지가 이번 겨울방학에는 또 어떤 산에 데리고 갈까, 궁금했다. 막내는 등산용품을 하나하나 손으로 만져본다.

다락방 밑 부엌에서는 엄마가 저녁 준비하는 소리가 아까부터 달가닥달가닥 들리더니 벌써 맛난 냄새가 솔솔 나기 시작한다. 갑자기 배가 고파졌다. 막내는 후다닥 다락방을 내려와 부엌으로 달려갔다.

"엄마, 내가 상 차릴까?"

"그래, 잘 왔다. 찾아도 없드니만 어디 갔다 왔냐. 언능 상 펴고 숟가락 젓가락 놓그라잉. 엄마가 반찬은 담아서 놓을 팅게 너는 이불 속에 넣어둔 밥그릇들 꺼내고."

막내는 아랫목 이불 속에서 식구들 밥그릇을 꺼냈다. 밥그릇을 감싸고 있는 밥그릇 싸개를 벗긴 후 제일 자그마한 밥그릇 뚜껑을 열었다. 손으로 따뜻한 밥알을 떼어 얼른 입에 넣어본다. 보리 섞인 밥알들이 입안에서 차지게 터진다.

금남로
흙길

"막내야. 큰오빠 따라가지 않을래?"

막내만 보면 장난을 걸고 우스갯소리를 곧잘 하는 유
쾌한 큰오빠 표정이 어째 오늘은 좀 쓸쓸하다.

운동을 좋아하는 큰오빠는 힘이 세다. 큰오빠가 하는
운동은 셀 수 없이 많다. 집에서 매일 아침 샌드백을 치
며 권투 연습을 하고 역기와 아령 운동을 하는가 하면
유도와 태권도는 기본이다. 근육도 울퉁불퉁 우람하다.
팔뚝에 힘을 잔뜩 주고 손목을 들어 올리면 커다란 알
통이 생긴다. 막내가 큰오빠 팔뚝에 철봉처럼 매달려도

일곱 번째 집 이야기

<u>끄</u>떡없다.

큰오빠는 초등학교 5학년인 막내에게 지금도 목말을 태워준다. 막내가 어렸을 적에는 큰오빠 발등 위로 올라가 오빠 손을 잡고 방 안을 걸어 다니기도 했다. 오빠 등에 올라타 이랴 낄낄, 말놀이를 할 때면 오빠는 목을 길게 늘여 빼고 "히히힝, 히힝!" 하고 우렁차게 울면서 등을 말처럼 쿨렁쿨렁 움직였다.

큰오빠는 여기저기 막내를 곧잘 데리고 다녔다. 심지어 왕대포 집에 데려간 적도 있다.

"큰오빠, 왕대포가 뭐야?"

"응, 이 집에 들어가면 왕, 하고 대포를 쏴. 그래서 왕대포라고 하는 거야."

막내는 큰오빠가 거짓말을 한다는 걸 알고 있었기에 유리창에 빨갛게 쓰인 왕대포란 말이 못내 궁금했다.

"큰오빠, 어디 가는데?" 하는 막내 말에 큰오빠는 별대답도 없이 걷기만 한다. 오늘도 왕대포 집을 들렀다. 큰오빠는 등받이 없는 둥근 의자에 걸터앉았다. 드럼통으로 만든 쟁반 같은 상에 놓인 깍두기를 안주 삼아 사발로 막걸리를 마신다. 막내는 큰오빠 옆에 앉아 오빠가 사준 쫄쫄이 과자를 질겅질겅 씹으며 물었다.

"아줌마, 왕대포가 뭐예요?"

막내가 묻는 말에 부엌에 있던 아줌마가 대답한다.

"왕대포? 그거이 궁금했능가, 우리 아가씨? 대포는 시방 오빠가 마시고 있는 사발, 그 그릇을 대포라 허고, 왕은 크다는 뜻이여, 잉. 말허자믄 우리 집은 큰 사발에 술을 한가득 부어주는 인심 좋은 집이라는 뜻이제, 잉. 인자 알아듣것능가."

여전히 쫄쫄이를 씹으며 알겠다고 머리를 끄덕이는 막내를 향해 큰오빠가 말한다.

"막내야, 오빠가 오늘은 너랑 금남로를 걷고 싶어서 나왔어. 지금까지 흙길이었던 금남로. 그 길에 내일부터 아스팔트를 부어버린다고 하잖냐. 오빠는 그게 안타깝고 답답해서 너랑 도청 앞까지 걸어갔다 오고 싶다."

"흙길 위에 아스팔트를 깐다고? 그럼 좋잖아. 차 지나갈 때 먼지도 안 나고 넘어져도 깨진 무릎에 모래도 안 박히고. 음, 비 와도 물 튀길 염려도 없고, 또……."

"막내야, 나가자. 나가서 도청 앞까지 쭉 걸어보자."

큰오빠와 함께 왕대포 집을 나선 막내는 광주에서 제일 넓고 긴 중심 도로 금남로를 걷기 시작했다.

일곱 번째 집 이야기

막내는 걸으면서 생각한다.

'커다란 시내버스가 붕, 하고 지나가면 날리는 먼지 때문에 손으로 코를 막고 다녔던 길. 버스에 타고 있어도 버스가 멈추거나 급정거할 때면 열린 창문으로 먼지가 뿌옇게 들어오던 길. 비가 오면 차들이 웅덩이를 지날 때마다 흙탕물이 튈까 봐 우산으로 몸을 가리던 길. 세수할 때 코를 풀면 시커먼 흙먼지가 묻어 나오게 한 길. 이런 길이 먼지 없는 아스팔트로 덮인다는데 큰오빠는 뭘 그리 슬퍼하냐고.'

"막내야, 너는 흙길, 하면 떠오르는 게 뭐 없냐?"

"떠오르는 거? 다 흙길인데?"

"특별하게 떠오르는 장면이 있을 거 아냐."

막내는 말 없이 몇 발자국 걷다가 띄엄띄엄 말을 이어 간다.

"그러게. 음, 생각해보니 많네. 전남여고 관사에 살 때 주말마다 온 가족이 아버지 따라 농장다리나 전남대학교까지 산보 다녔던 길. 장동에서 아이들이랑 고무줄놀이하던 골목길. 성전에 엄마랑 버스 타고 다니던 길, 그 길 양옆으로 심어진 백양나무가 먼지를 잔뜩 쓰고 있을 때도 있었는데. 그리고 또…… 신안동 집에서 서석초등학교까지 개천 따라 다니던 길은 정말 멀었어. 그래도 신안동 집 앞 공터에서 엿공장이랑 우리 학교 쪽으로 이어지던 길과 오른쪽 너른 밭으로 갈라지던 길, 그 길은 다정했는데. 음, 호남동 살 때 집 앞 흙길 도로는 참 쓸쓸했어. 건너편에 손님을 기다리던 손수레 아저씨들이 계셨는데 그 길은 먼지가 엄청 날렸거든. 집 안으로 먼지가 얼마나 많이 들어왔다고."

"막내, 네 머릿속에는 집이 많구나. 다 기억하네."

"큰오빠가 흙길, 하면 떠오르는 장면 물어보니까 줄줄이 기억이 나네? 그 집들이 이제 생각해보니 흙길로 다 이어져 있었나 봐. 큰오빠는 흙길, 하면 무슨 생각 나는데?"

"응, 오빠는 농대 다니고 있잖냐. 그래서 농촌에 실습 갔을 때 황토색 밭고랑 사이로 이어지던 자잘한 흙길들, 그 흙길처럼 예쁜 길을 못 봤어. 큰오빠는 내년에 대학 졸업하면 시골로 내려가서 흙과 이야기하면서 살고 싶다."

"흙과 이야기를 해? 어떻게?"

막내는 너무나 궁금하다.

"음, 흙과의 대화는 이 오빠가 씨를 뿌리거나 모종을

심을 때부터 시작되는 거지. 여기 고구마를 심으려 하는데 흙, 네가 잘 키워줄 수 있겠냐? 하면서 말이야."

"만약 흙이, 싫은데? 하면 어떻게 할 건데."

"그러면 설득해봐야지. 타협도 해보고."

"그래도 흙이 말을 안 들으면?"

"그러면 할 수 없지. 기다려봐야지 뭐. 그러고 보니 막내 너도 내년부터 중학교 입시 준비해야겠네? 힘들겠다, 야."

막내는 자신의 고민을 큰오빠가 알고 있어서 놀랍기도 하고 기쁘기도 하다.

"응, 맞아. 우리가 중학교 입시 마지막 세대라 경쟁률도 심하다는데 전남여중 못 들어가면 어떡하지?"

"야, 오빠 생각에는 뭐든 맘 편히, 즐겁게, 쫓기지 말고하는 게 제일 좋은 거 같아. 중학교 좀 떨어지면 어때. 전남여중 말고 다른 여중도 다 좋아. 다 똑같아. 공부 잘한다고 인생이 꼭 잘 풀리는 것도 아냐. 걱정하지 말고무조건 맘 편히, 알았지?"

하지만 막내는 맘이 썩 편치가 않다. 일상과 놀이의구별 없이 지내던 유년 시절도 아스팔트가 깔릴 이 흙길처럼 서서히 끝나가는구나. 시간은 그대로 정지해 있지 않네. 이런 생각에 갑자기 쓸쓸해졌다.

　지나가던 시내버스가 뿌연 흙먼지를 일으킨다. 버스
가 멀어지자 먼지는 서서히 가라앉는다.

유년의 은밀한
목록

막내의 예측대로 막내의 초등학교 6학년은 고달팠다. 중학교 입시 마지막 세대였던 만큼 여느 해보다 입시 경쟁이 치열했다. 그러나 그 고달픔 속에는 유년의 즐거움이 여전히 섞여 있었다. 중학교에 들어가서는 그동안 상상도 못 했던 어른들의 세계를 나쁜 선생님들을 통해 알게 되었다. 친구들의 음모에 희생자가 되기도 했다. 이렇듯 막내에게 중학교는 세상과 사람을 알아가는 인생 공부의 장이기도 했다. 막내를 아껴준 선생님들과 친구들 덕분에 막내는 고등학교까지 그 버거운 강을 무사히

잘 건널 수 있었다.

언니오빠들 중 누구 하나 편안하고 순탄하게 산 사람은 단연코 없다. 인생은 파란만장하기에 살 만하다고 여기기라도 하듯, 그렇게 숱한 일들을 겪으며 성장했고 지금도 그렇게 살고 있다. 참으로 신기한 건 막내와 언니오빠들이 모이면 나누는 이야기가 대부분 유년의 추억이라는 점이다. 호기심과 욕망으로 가득 찬 유년의 기억은 수정처럼 맑기만 하다. 어린 시절을 향한 그리움이 나이 들어갈수록 강렬해지는 건 왜일까.

살다 보면, 인생이라는 거대한 바다의 풍랑을 헤치며 혼자서 노를 젓는 듯한 기분이 들 때가 있다. 세상이 요구하고 강요하는 삶의 방식과 잣대를 좇지 않을 나만의 낙관과 의지는 어디에서 오는 걸까. 경쟁 사회의 톱니바퀴 속으로 휩쓸려 들어가지 않을 나만의 낙천과 여유의 근원은 어디에서 찾을 수 있는 걸까.

혹시 다 기억해내지 못하는 저 유년의 끝에서 건져 올릴 수 있는 건 아닐까. 일상과 놀이의 구별이 없던, 자연을 실용의 대상으로 삼지 않고 자연과 더불어 뛰놀던 유년에서 말이다. "과거는 구원을 기다리고 있는 어떤 은밀한 목록을 간직하고 있다."는 벤야민의 말은 마음을 설레게 한다. 구원을 기다리는 은밀한 목록이 가득한 유년을 향한 그리움, 그것은 나이 들어갈수록 잃어버리면 안 되는, 아니 꼭 간직해야 할 인생의 절대 목록 중 하나일지도 모르겠다. 이 책은 그런 유년의 그리움에서 시작되었다.

명절날, 밥상을 물리고 모여 앉아 막내와 언니오빠들이 이야기를 주고받을 때면 곁에서 듣다가 맞장구를 쳐주기도 하고, 때론 "아니여, 그건 이랬제." 하며, 중간중간 끊어진 칠형제의 유년의 기억을 촘촘히 이어주던 엄마와 아버지는 이제 안 계신다. 아버지에 이어 엄마마저 돌아가신 후 막내와 언니오빠들은 모여 앉아 이야기를 하다가 눈물을 훔치곤 한다. 엄마와 아버지가 이제는 형제들의 이야기 속에, 기억 속에, 마음속에만 남아 있기 때문이다.

모든 사람의 유년이 궁금하다. 어떤 경험은 같고 어떤 경험은 다르리라. 이 책을 읽는 독자가 자신의 유년 속에서 같은 경험을 불러와 함께 공유하면서 읽으면 좋겠다. 1960년대에 머물러 있는 막내의 집 일곱 곳이 독자들에게도 유년의 뜰이 되었으면 좋겠다. 읽는 내내 독자들의 유년도 꼬리에 꼬리를 물고 되살아났다면 더할 나위 없이 기쁘겠다.

감사의 글

　유년의 실타래를 정리하는 일은 언젠가부터 하나의 숙제처럼 마음속에 자리 잡고 있었다. 아마 아버지에 이어 엄마마저 돌아가시고 난 후의 일이 아닐까 싶다. 쓸 엄두를 내지 못하고 있던 유년의 이야기를 쓰게 된 건 순전히 그림에서 출발했다. 집들의 평면도를 그린 후 거기에 나무와 꽃들을 심고 동물들을 살려내는 작업을 하다 보니 그 집에 담긴 이야기도 하나씩 되살아났다.

　어린 시절 살았던 열 개의 집 구조를 기억해 러프 스케치를 해주고 나무 하나 꽃 한 송이 이름까지 알려준 미대 졸업생 벌언니의 수고가 없었다면 어쩌면 이 책은 지금껏 시작도 못 하고 있었을지 모른다. 글을 한 편씩

쓸 때마다 자신 없어 하고 주저하는 나에게 뜨거운 응원을 보내준 큰언니에게도 고마운 맘 전한다. 내 유년에서 큰언니의 활약은 대단했다.

학교 다닐 때 그림을 못 그리는 아이로 낙인찍힌 나를 무려 40여 년 만에 다시 그림의 세계로 이끌어준 이는 '잘 그리면 반칙'이라는 프로그램의 매니저 나윤냥이다. 나윤냥은 매일매일 한 편의 에세이와 함께 주제를 내주었다. 그 주제에 맞게 자유롭게 내 마음대로 그려보았던 100일은 내 안에 숨겨져 있던 그림을 찾아 헤맨 가슴 뜨거운 나날이었다. 그림을 보면서 서로의 마음을 읽고 격려하고 응원했던 열두 명의 멤버도 잊을 수 없다. 지금도 우리는 단톡방에서 그림과 사진과 일상을 내보이며 매일 수다를 떨고 있다.

글을 쓰기 시작하면서 어떤 장면들은 자연스럽게 그림으로 그리고 싶어졌다. 사진으로 남아 있을 리 만무한 추억들이라 간단한 장면 하나를 구성하는 데도 적잖은 시간이 걸렸다. 그림 그리는 게 많이 서툴러서이다. 어려운 구성을 잡아야 할 때면 고민에 빠져 허우적대곤 했다. 그때마다 다정히 다가와 고민을 함께 풀어나갔던 라일라 선생님이 없었다면 아마 이 책의 그림은 지금보다 훨씬 엉망이 되었을지 모른다. 한 장 한 장 그림을 완성할 때마다 함께 기뻐해준 라일라 선생님에게 고마운 맘 전한다.

책의 디자인을 선뜻 맡아주었을 뿐만 아니라 글을 여러 번 읽고 그림 하나하나에 대한 코멘트까지 마다하지 않은 오진경 디자이너 덕분에 부족한 글과 그림이 아름다운 옷을 입었다. 작업하는 내내 겁을 내고 물러서려는 나를 한결같은 애정과 관심으로 단단히 붙들어주었던 M과 T에게도 이 자리를 빌려 고맙다는 말 전하고 싶다. 블로그에 연재하는 동안 여러모로 애를 써준 조민희 팀장과 홍보담당 강효원, 그리고 편집하는 내내 고생한 김태희 편집장과 이은 편집자에게 고마운 마음을 전한다.

지산리 들길을 함께 거닐며 내 유년에 기꺼이 동행해주었던 J에게도 뜨거운 마음 전한다.

엄마에게도 엄마의 엄마와 아버지, 언니오빠들로부터 사랑받던 찬란한 유년이 있었다는 걸 나의 응원군인 딸과 아들에게도 보여주고 싶다. 엄마의 유년을 들여다보며 자신들의 유년은 어떻게 떠올릴지 궁금하다. 아이들의 유년 속 나는 어떤 엄마일까.

막내의 뜰
2021년 3월 23일 1판 1쇄

지은이 강맑실

편집 김태희, 장슬기, 이은, 김아름, 이효진 | 디자인 오진경
제작 박홍기 | 마케팅 이병규, 양현범, 이장열 | 홍보 조민희, 강효원
인쇄 천일문화사 | 제본 책다움

펴낸이 강맑실
펴낸곳 (주)사계절출판사 | 등록 제406-2003-034호
주소 10881 경기도 파주시 회동길 252 | 전화 031-955-8558, 8588
전송 마케팅부 031-955-8595 | 편집부 031-955-8596
홈페이지 www.sakyejul.net | 전자우편 literature@sakyejul.com

ⓒ 강맑실, 2021

ISBN 979-11-6094-712-0 03810